対談集　春風問学

対話はよろこび、学を問いつづけて——

電車のなかで読むのは文庫本と決めており、いまは、岩波文庫『文選』の第二冊。そのなかに、王粲（一七七―二一七）という詩人の「七哀詩二首　其の一、其の二」が収録されている。後漢末の初平四年（一九三）、王粲は長安の動乱を避けて荊州の襄陽に赴く。「其の一」は、長安を発つ際、戦乱による国の荒廃ぶりを目のあたりにして湧き起こる悲しみをうたう、と、解説にある。

ところで目をみはったのは、「其の一」の八から一二句目。

白骨　平原を蔽う
路に飢えたる婦人有り
子を抱きて草間に棄つ
顧みて号泣の声を聞くも
涕を揮いて独り還らず

この箇所の日本語訳は、「ただ白骨が平原を埋め尽くす。路傍には飢えた一人の婦人、抱いていた子を草むらに捨てる。泣き叫ぶ声にふりかえるが、涙を払い、もどろうともせず一人去ってゆく。」

わたしはすぐに松尾芭蕉『野ざらし紀行』冒頭、有名な富士川の場面、捨て子にかんする散文描写と俳句を思った。俳句は、

猿を聞人　捨子に秋の風いかに

これについて、リアルな話なのか、フィクションなのか、さまざまに議論がなされてきたことは承知していたが、いずれにしても、わたしは腑に落ちなかった。リアルな話ならば、捨て子を詠んで去っていく風流に疑問が湧き、フィクションだとすれば、どうしてそんな虚構をこしらえたのか、合点がいかなかった。が、王粲の詩を読み、これを下敷きにしていたとすれば納得がいく。杜甫を詩表現の師としていた芭蕉は、杜甫が愛読していた『文選』のことを知っていて、だけでなく、おそらく、読んでもいただろう。『文選』は古く日本に入ってきており、『白氏文集』と同様に、よく読まれてきた。

この箇所について、文芸評論家の山本健吉は、「家を捨て、身を捨て、家族を捨てて流浪する芭蕉にとって、捨子とはよそごとではなかった。当時ざらに見られた社会現象だからこそ、それに基づいての虚構とも言える」と述べている。わたしは、その虚構の根本に、王粲の詩があったのではないかと想像する。

王粲のこの詩には猴猿（こうえん。「猴」も猿）が登場するが、中国の詩では、哀愁を誘うものとして猿の鳴き声が詠われることがあるそうで、「七哀詩二首」はその早い例だとのこと。「野ざらし紀行」とのひびき合いは、ここからも感得できる。

芭蕉の旅は、空間の移動はもとより、時間の旅であったことが分かる。

＊

右に記した文章は、二〇〇〇年の四月から始めたブログ「港町横濱よもやま日記」二〇二一年六月二三日「ある想像」と題して記した記事に、修正を加えたものである。朝四時に起き、パソコンに向かい、前の日のよしなしごとを思い出し、ぽつぽつとキーボードを打つ。それが一日の仕事の始まりだ。その後、会社に出向き、しなければいけない仕事をこなして、帰り支度を始めたころ、以前勤めていた高校で知り合い、以来ながくお付き合いさせていただいているK先生からメールをもらった。K先生は、独学で韓国語をマスターされ、定年前に高校を退き、韓国の大学院へ留学された。弊社から、浩瀚な『釈譜詳節』『法華経諺解』を翻訳、上梓している。

韓国語に翻訳された杜甫詩『杜詩諺解』を日本語の『杜甫全詩訳注』とあわせて読み、さらにいまは、インターネットで中国語の音読による論語を聴き、勉強しているという。メールの文章に、コロナが収まったら、杜甫ゆかりの地を二人で訪ねたいとの、うれしく、ありがたい希望が記されてあった。杜甫からさらに論語へと。K先生の勉強の姿勢に共感するとともに、そのこころを習いたいと思った。

『論語』冒頭「学而篇」の最初は、有名な「学びて時に之を習う　亦た説《よろこ》ばしからず乎《や》」。説《よろこ》ばしからずや、の説《えつ》の字は、悦《えつ》の古字だという。「学」は、今は、フィールドワークを含み、意味は一つでないだろうけれど、論語における「学」は端的に、書物を読むことであって、当時なら、詩経、書経を読み、礼と楽とを勉強することであったろうとは、吉川幸次郎の言。

二千五百年の時を経ても、書物を読むことによって己の「学」を鍛え、セキュラーなもろもろから、しばし身を引き、友と語り合い、「学」の説《よろこ》びをともにすることは、二一世紀の現在も変わらない。「学」はまた百代の過客である。

本書に収めた対話は、二〇一二年を初めとし、『ヨコハマ経済新聞』、『図書新聞』、弊社の目録を兼ねた『春風新聞』に掲載されたものを再編集、一書にまとめたものである。

そのつど、わたしが興味関心のあるテーマについて、一冊、あるいは数冊の本を取り上げ、それを仲立ちにして、対談をお願いした相手の方から親しく話を伺い、わたしも、率直に感想と疑問を申し上げた。テーマに関するそれぞれの方の話は、肉声をともなって、こころにひびき、沁みてきた。それはまた「学」の大きな説《よろこ》びであった。

野《や》にある学術書の出版社として、これからも、あらゆる場面で対話することを基本にすえ、学問へのリスペクトを忘れることなく、ながく読みつづけられる本をつくっていきたい。

春風社代表　三浦衛

目次

池内紀の読書会

人生は引き算、本は足し算——

池内紀×三浦衛

二〇一二年七月二一日、
ツブヤ大学ＢｏｏＫ学科ヨコハマ講座（場所：春風社）に、
ドイツ文学者・作家の池内紀氏をお迎えし、お話を伺いました。

『変身』を読んで笑ってもいい

三浦　本日は池内紀さんに、お話を伺います。今回取り上げるのは『となりのカフカ』（光文社新書）、訳書『香水――ある人殺しの物語』（文春文庫）、そして『海山のあいだ』（中公文庫）の三冊です。

まず、『となりのカフカ』。これは難解という印象をもたれがちなカフカ*について、まったく新しい視点をもたらしてくれる本です。恋人に対し、まるでストーカーのように執拗に手紙を書いていたことや、新型のオートバイが開発されるとすぐに買って試していたことなど、様々なエピソードを紹介しながら、「人間カフカ」を描く。どのような方法で彼が小説を書いていたのかも紹介されており、カフカ本人を傍らで見ているような気にさせてくれます。

池内さんがどのように「カフカ」という作家に接してきたのかを聞かせていただけますか。

池内　僕は日本のカフカ研究の中では、まったくハズレ者なんです。卒論でカフカについて書きましたが、担当の先生たちには「池内が読んで考えたことは書かれているけど、必要な参考文献が全然使われていない」とさんざんだった。僕は

* Franz Kafka　一八八三―一九二四年　オーストリア＝ハンガリー帝国（チェコ）出身の作家

自分の責任で考えたり感じたりしたことを書くのが「論文」と思っていたけれど、大学というところでは「どの学者が、どこで何を書いているか」をできるだけ多く集めて引用した論文が、優れたものとされるらしいということが分かりました。

あの頃、カフカは不条理や神学、カバラ哲学（ユダヤ教の伝統に基づいた神秘主義思想）など非常に「大きな思想」と関連づけられていて、「この短編のこの一行が、壮大な宇宙の神秘を表している」とか、やたら大仰な解釈がまかり通っていました。「こんなに面白くて楽しい作品に、どうしてこんな解釈ができるんだろう」と不思議で仕方なかった。「ある朝起きたら虫になっていた」という発想は、小さい頃に「学校行きたくないから虫になりたい」と思っていた感情と、ちっとも変わらないじゃないか。身近なテーマをこんなにわかりやすく書いているものに、なぜこれほど大仰な解釈をしなくちゃいけないのだろう。そういうことを二〇代の頃に思い、カフカから離れていました。その後二〇年間ほどは、マイナーな思想家の本などを訳しているうちに、既出の論文と違っていても受け止めてくれる場が出来てきた。じゃあ改めてカフカをやってみようと書いたのがこの本です。

カフカはサラリーマンで、昼間は仕事をして夜に小説を書いていました。注文を受けて書いていたわけではないから、ほとんど発表する場がなかった。生前に出版された本は全集の中の一冊分だけでした。友人に「死んだら燃やしてくれ」と言い残して死んだ。だから、カフカは自分の作品に対して謙虚で、いっさい名声など願わないでつましく生き、つましく死んだ聖なる文学者として語られてきました。

でもね、不思議なんですよ。そんなに自分のノートを燃やしたければ自分で燃やせばいいじゃないか。その友人というのは有名な作家でした。「彼に託しておけば必ず本にするだろう」と考えたのではないか。だとすると、「自分の作品は必ず意味がある」という自信を持っていたはずです。本にするかどうかを出版社が迷っている時には、別の出版社からいい話があるかのように見せかけ、迷いを断ち切らせる策士でもあった。

つまり彼には自分の作品を本にしようという意図が確かにあった。しかし当時あまりにも変わった作風なので本にならなかったんです。

労働現場の観察者、カフカ

池内　『審判』の第一章では、主人公のヨーゼフ・Kは何も悪いことをしていないのに、三〇歳の誕生日に二人組に逮捕されます。朝起きてパジャマのままだったので、「服を着替えろ」と言われる。最後の章では、三一歳の誕生日の前夜になり、主人公はどういうわけか処刑されるのを予期していて、服を整えて待っている。そして、二人組に「脱げ」と言われ処刑が進んでいく。

つまり、第一章と最終章が裏と表の関係になっています。カフカは第一章を書いてから、すぐに最終章を書いていたんじゃないかと僕は考えています。あるいは、最終章を書いてから第一章を書いたのかもしれない。その後で、間の章を書いていったが、書き切れなくて未完に終わっている。

なぜカフカはそうしたのか。それは最初の長編の『失踪者』が、書いても書いても終わりにたどりつかなかったからではないか。だから、次はなんとしても完結させたかった。「審判」に関するノートが残されていますが、それを読むと最初と最後がほぼ同時期に書かれていたと推測できる。

三番目の『城』という長編は、ノートを見ると出だしが三通りあります。書き直しを繰り返して三通りも出だしを作ったけれど、「意味の方向」が決まったらすっと進んでいく。だけど、終わりがない。通常の物語のような手順を踏んでいない小説ですから、未完なのが当たり前で、「終わりがないという形の終わり」

がある。二一世紀の小説は終わりを持たない方が面白いし、いくらでも広がっていく。そもそも終わらない小説こそ、現代世界では、一番正確な小説ではないか。ですから、未完であるということが、カフカには非常に大切な要素なんです。

参加者　カフカが当時の労働者の現場にすごく身近に接していたことが、この本から感じられました。一見、夢の世界のようだけど、我々の生きている日常とつながっているように感じます。

池内　カフカは「労働者傷害保険協会」という、半官半民の小さな組織で働いていました。労働者が現場で事故を起こした際に保険金を出すのですが、会社はなるべくお金をもらいたくて、「片手が飛んだ」とか大げさに言いたてる。だから、カフカが出張してその事故の状況を査定する。そういう仕事でした。

二〇世紀初めは、今で言う「高度成長期」で、機械化がどんどん進んだ。でも現場では、手が飛んだり、指が飛んだりという事故がのべつまくなしありました。カフカの文章で最初に活字化されたのは、機械の操作の仕方を改めて現場の人に指示した保険協会年報掲載の絵入りの論文でした。

サロンでおしゃべりしたり、カフェで文学談義をしたり、同人雑誌を出したりというのが文学者の生活だったころに、カフカはまったく異質な世界にいた人で、労働現場を誰よりもよく知っていました。奇妙な小説を書いているように見えますが、二〇世紀の文学者でいちばん現代社会をよく見ていた。『失踪者』には、主人公の青年が、叔父が経営する大企業を見学する場面がある。巨大なオフィスで耳に鉄のバンドをつけた人々が忙しく書類を作って、刻々と連絡し合っている。情報産業のもっとも新しい現場を、一九一〇年代に書いている。ちょっと道具立てを変えれば、今のオフィスとまったく変わらない。そういう風景を書けたのは、労働現場の最先端にいた人だからだと思います。

においから見える文明

三浦　次の本はパトリック・ジュースキント*の『香水』です。「パフューム　ある人殺しの物語」という邦題で映画にもなった、ドイツのベストセラー小説を池内さんが訳されたものです。鼻がものすごく利くという天才グルヌイユは、においは敏感にかぎ分けるけど、自分自身にはまったくにおいがないという不思議な主人公です。「部屋に入る前に何人の仲間が寝室にいるかを言い当てた。キャベツを断ち割る前に、中に芋虫がいるのを見通していた」。においでそこまでわか

＊ Patrick Süskind 一九四九年―　ドイツの小説家

ってしまう。こんな人物がフランス革命前後を生きている。最後の方はページをめくるのももどかしいくらい、すごい物語が展開していきますね。どういう経緯でこの本を翻訳されることになったのですか？

池内　最初は依頼を断りました。僕は文藝春秋といった大出版社から注文されるような人間じゃないし、ましてベストセラーを訳すような人間でもない。それでもぜひと言うので本を預かったのです。

たまに電話で編集者に進行を尋ねられると、翻訳作業を進めているようなことを言いながら、実は一行も読んでいなくて「三分の一くらいです」「かなり山が見えました」とか適当なことに答えていました（笑）。

しかし、さすがに向こうもおかしいと気づいたらしく「今度本を持って会社に来てください」と言う。さすがに「やらなくちゃ」と思ってまじめに読み始めたら、もう止まらない。「今まで訳した中で一番面白い小説を」と聞かれたら、『香水』と答えるかもしれません。それくらい面白かった。

アラン・コルバン**というフランスの歴史学者がいます。彼は「フランス革命の頃のパリが、いかに強烈なにおいの充満している町であったか」から始めて、近代化はにおいが消えていく過程だということを論証している。僕はそれをドイツ

** Alain Corbin 一九三六年―

語で読んでいましたから、ジュースキントの小説に出会った時に、彼はコルバンを元にしたのだと思いました。

日本も、昭和二〇〜三〇年代初頭までは便所もくみ取り式で、あらゆるところに強烈なにおいがありました。ただ、皆が同じようににおいを持っていたから感じなかった。その「におい」は、生活が豊かになるにつれて消えていきました。

一九世紀は、一八世紀までの悪臭の立ちこめた都市が徐々ににおいを失っていく過程でした。グルヌイユは、一切においを持たないからこそ、あらゆるにおいに対して敏感に反応できる。彼自体が一種の文明のパロディなのです。

グルヌイユというのは、フランス語でカエルという意味です。カエルのぶよぶよして無臭の様子が、主人公に重ねてある。フランス人はカエルやカタツムリを食べますが、グルヌイユも最終的には、愛という名の下に食われてしまう。フランス人の食生活の一部と、キリスト教的な愛がパロディにされています。

ジュースキントはちょっと変わった作家で、こんな大評判作を書いたにもかかわらず、その後ほとんど小説を書いていません。僕は彼の『ゾマーさんのこと』も訳しました。子ども向きの本ということになっていますが、大人の哀しみがにじんでくる小説です。これだけの才能があってなぜ書かないのか。ドイツに滅多にいない、大衆性を持ったエンターテナーでありながら、それを古典にする力を持っている希有な作家ですね。

翻訳は日掛け貯金

三浦　『香水』には池内さん独特の訳語がありますが、それがとても分かりやすい。たとえば「イボコロリの水薬」という表現。あるいは聖人を表す場面で、「八百万《やおよろず》の聖人様に誓ってもいい」というちょっと古風で日本的な表現が出てきます。

池内　翻訳は日本語の貯蓄がないとできません。はやりの言葉は、流行が終わると死んでしまいますから、使うと翻訳書の寿命が短くなってしまいます。ですから、今の自分たちは使わないかもしれないけれど、父母の世代が日常で使っていて、現在も使われているちょっと古い言葉を使おうと意識しています。残っている言葉は生命力がありますから。「イボコロリ」というのも少し古いですけど、日本人の生み出した面白い表現で、そういうのが訳語として自然に出てくることはあります。

参加者　翻訳をされていて「訳せない」「分からない」ということはありますか。

池内　前後の流れから作者が言おうとしている方向は分かるけれど、具体的に何を言おうとしているのかがつかめないことはあります。そういうときは何度も何度も読み返します。

そして、「ほぼ、こうだろう」というところに行き着いたときに訳します。よく「原文通りに訳した」なんて書いている人がいますけれど、あれは訳者が分からないから機械的に日本語に置き直しているだけで、しばしば意味のある日本語になっていない。

だから訳書を「読んでいて分からない」と思ったら、自分の頭が悪いのではなく訳者が悪いと思っていいんです。そういうものよりも、「どうしてここで、このエピソードが入るのだろう」という意味での分からなさのほうがつらいですね。

翻訳というのは日掛け貯金のようなものです。毎日少しずつ貯めていって、だいぶ経つと満期がくる。一日いくら頑張ってもたかがしれているけど、さぼれば確実にすすみません。貯金をしたくなるような編集者の後押しがないと、なかなか進まないんです。

死は引き算、ことばは足し算

三浦　最後に『海山のあいだ』（第一〇回講談社エッセイ賞受賞）です。紀行文だけでなく、少年時代の思い出を書いたエッセイや、「スポーツ物語」という掌編小説など、いろいろなテーマの文章が収められています。

池内　この本は、表紙のイラストも僕が描いています。もともと角川ソフィア文庫に入っていたのですが、あまり売れなかった。中央公論新社の編集者に「角川が絶版になっているから、中公文庫で出しませんか」と言われ、「売れてない」とお答えしたのですが「ぜひ出したい」と。

それならば、と、少しでもお金を浮かせるために自分でイラストを描きました。ほかにも二冊、中公文庫から出ていますけど、どちらも僕が表紙を描いています。せめて表紙は見てください（笑）。

この本はずいぶん昔、四〇代の頃に書いたものを集めた本です。昭和二〇年代に少年時代を送った人間が感じた日常のこと、人との交わり、それから大好きな夢のようなこと。旅が好きですから旅の記録、当時亡くなった人への追悼など、書き溜めていたエッセイの中から気に入ったものを集めて、それをまた分類したものです。だから振り返ってみると、あとあと自分が出した本や仕事の芽が、ここにたくさん出ている。

僕は、両親を早く亡くしたので、孤独な少年時代が長かった。肉親を早く失うと、死について冷静に対応するようになります。高校の同窓生が肩を組んで歌を歌うような、人の体温で結びつく友情が大嫌いで、避けてきました。今の自分の生き方が、少年のころの孤独な時間に形成されているものですから、そういう経験を確かめるようにして書いていたというのもあります。

参加者 山に登られた時の様子が書いてありますが、一番好きな山はどこですか。

池内 一番好きな山は、一番最近行った山です。恋人と同じで、過去の恋人は懐かしいけど、一番うれしいのは現在の恋人です。最近はあまり一人では山に行かないのですが、一人で歩いていると、これまで自分が出会ってきたいろんな人と自分の中で会話ができる。

初恋の人を呼び出して、「最初に新宿で会った時、どの喫茶店で話したか」なんてことを思い出しながらずっと歩いていると、急に対話の相手が三番目の人に変わったりする。そういう一人対話は楽しいですね。今は山のベテランに同行してもらいますが、それでもなるべく距離を取ってもらいながら歩くことが多いですね。

参加者　寝袋で一人、山の中で夜空を見るというくだりがあるのですが、怖くないですか？

池内　寝袋で寝ていたのはせいぜい三〇代終わり頃まででですね。物理的な恐怖は感じませんでした。

怖いのは闇です。山の暗さが怖い。月夜は本が読めるほど明るいのですが、何かでさえぎられて出来た影の暗さが非常に怖い。何かが近づいてくるのではないかと、錯覚してしまう。そういうときは口笛を吹いたり、歌を歌ったり、ウイスキーを飲んだりして紛らわせました。でも、山好きの人間はよく外で寝たりするものですよ。

空にじかに大きな星が見えて、それが雲に隠れたりまた現れたりする様子はとてもめまぐるしい。映画のようです。「そういう時は寂しくないか？」とたずねられますが、僕は人といる時の方が寂しいですね。喫茶店で僕と同世代のお年寄りのおしゃべりを聞いてると、「年寄りは常に自分の過去をねつ造するんだな」と思います。

女性が交じっていると、変に塩をまくような言葉が飛び交ったり。そういう場での別れ際のなんとも悲しい後ろ姿を見ると、「本来人間は孤独なのだから、同じような年の人間が集まったりしない方がいいなあ」と思います。そういう時の方が孤独を感じます。

参加者　池内さんは死によってまわりから人がいなくなっていくことを「引き算」と表現し、言葉の世界は「足し算」が可能な世界と表現しています。「この世界のゆたかさに比べて現実世界はなんと貧しいことだろう。そこには永遠の引き算があるばかり。いっぽう、ことばの世界には永遠の足し算の声がひびいている」。ここはとても面白い考えですね。

池内　父、兄、母がなくなり、二〇代の時に一切近しい身内がいなくなった。父親が死んだのは僕が幼い頃です。昨日までものを言っていた人間がどうして何も言わないでじっとしているのだろうと不思議に思っていました。それから兄は事故で、母はガンで亡くなりました。

徐々に人が死に近づいていく、ゼロに近づいていく過程を一年くらい、一番身近な母親を通して見ていた。もういつ死ぬか分からないという時に、母を病院から出して郷里の大きな古い家の座敷で、並んで寝ました。肝硬変で、頭ははっきりしているのに体が動かない。僕は退屈ですから、小さい灯りをつけて本を読んでいる。そうすると、母親が「そんな暗い電気の下で読んでいると目が悪くなるよ」と言うので、つい「うるさいっ」と言ってしまって。それから四日くらいして亡くなりました。後で思い返して、かわいそうなことをしたかなとも思いました。でも、母親というのはゼロに近づいても母親なのだということはよくわかりました。子どもというのは、母親に対しては言いたいことを言っていい。あの時読むのをやめて「はい、おやすみなさい」なんて言ったら、むしろ後悔しただろうなどと後で思いました。

引き算は、皆さんも体験されていると思います。僕はそういう過程の中で文学というものを知ったものですから、ことばを足すことによって世界ができあがる、自分の努める気持ち次第で、どのようにも増えていく、こんなすばらしい世界があるというのがうれしかった。

僕はものを書き始めたのが三〇代後半からでした。二〇代からものを書いている人は気の毒なところがあります。二〇歳くらいで世に出てしまうとためがないから、すぐ書き尽くしてしまう。僕はわりとためがあって、翻訳も編集もやる。フィクションめいたものもエッセイも書く。そういう点では遅くに始めた方が楽でしたね。いまでも書くことにはあまり困らない。もう、だいたい書きたいことは書きましたけどね。

ひとつだけやりたい仕事が残っています。「ナチス・ドイツ」についてです。あの国がなぜああいう狂気の時代を持ったのか。なぜ国民の九八パーセントがヒトラーを支持したのか。そういうことを書いておくのが、ドイツ文学者としての自分の責務だと思っています。

ヒトラーは独裁者と思われていますが、国民社会主義をうたったように、つねに国民の支持を基盤にしていました。国家が一斉にひとつの方向に向かって走っていくという時代が、遠くない過去にあった。一番大きな役割を果たしたのがメディアです。メディアと国家が同じ方向を向くと、一斉に走り出す。そしてそれ以外は悪とされる。それは今のメディア時代を非常に先取りしています。

この仕事が終わったら書くのはもういいかなと思ってます。お迎えが来る前に、来年には出したいですね（笑）。

ヨコハマ経済新聞　二〇一二年九月七日

長田弘の読書会

もっと本を読もう――

長田弘×三浦衛

二〇一二年九月一五日、
ツブヤ大学ＢｏｏＫ学科ヨコハマ講座（場所：春風社）に、
詩人の長田弘氏をお迎えし、お話を伺いました。

未来はないけれど現在がある

三浦　本日は長田弘さんに、ご著書のうちの三冊についてお話を伺います。私事で恐縮ですが、僕は以前に勤めていた会社の倒産や、春風社の立ち上げなど、変化の時期に長田さんの作品を読み返したり、新しい作品を買って読んだりしていました。ですから、長田さんの作品を自分のホームグラウンドのように感じています。そんな長田さんの本の中から三冊選ぶのはとても大変でしたが、今回は『ねこに未来はない』（角川書店）、『私の二十世紀書店』（みすず書房）、『記憶のつくり方』（朝日新聞出版）の三冊を選んでみました。

まず、『ねこに未来はない』について。今も猫を飼われていますか？

長田　一匹だけ飼っています。今は猫とふたり暮らしなので、今のが一番親しいつきあいをしていますかね。

実は、人前で『ねこに未来はない』について話したことは今まで一度もありません。この本は角川文庫に収録される前に晶文社から単行本として発売されており、両者ではいろいろなところが違います。

どうも猫の本をつくると変なことが起こります。単行本には口絵に猫の写真がついているのですが、写真に登場する猫は本文に出てこない。『ねこに未来はない』のずっと後に、イラストレーターの大橋歩*さんが絵を描かれた『ねこのき』（クレヨンハウス）という絵本を作ったのですが、不思議なことにその表紙の猫にはひげがない。片方は写真の中に出てくる猫がいなくて、もう片方はひげがない。どうも猫を描くとろくなことがない（笑）。

『ねこに未来はない』はもともと『新婦人』（文化実業社）という雑誌に連載していて、長新太**さんが、連載の挿し絵と、単行本の表紙を描いてくださいました。普通は連載で使っていた挿し絵を本に使うものですが、単行本を作る際に、長さんはなぜかあらためて全部描き下ろされている。だから、連載と単行本では絵が違います。

文庫になった際も、長さんが「描き直したい」とおっしゃって新しい表紙の文庫ができた。その後にも一度長さんの装画でデザインが変更されました。今の文庫の装画は、長さんが亡くなってから別の方が描いたもので、出版社の方から「今度はこういう表紙になりました」と報告があり、初めて「ああ、そうなの?」と（笑）。「猫は九つの命を持つ」ということになっています。その本はまだ四回しか作っていないので、あと五回くらい変化するんじゃないかしら。

* 一九四〇年—

** 一九二七—二〇〇五年、漫画家、絵本作家

三浦　参加者の方に質問や感想を伺ってみたいと思います。

参加者　本文に出てくる、最初の猫のチイをゆずってくださった大酒のみの詩人とはどなたでしょうか？

長田　誰だっけなあ……。今の猫のことなら語れるのですけど、その前のこととなると、もうぜんぜん覚えていなくて。今の猫は、近所の稲荷神社で「さしあげます」という案内を見て行った先に、三匹の子猫がいて、その中で「僕をもらってください」と元気よく飛び回っていた猫です。その前のことは「あれ、どうだっけ」という感じです。さらにずっと前のこととなると、もう「日本人の起源」みたいなはるか彼方のことで、よく覚えていません（笑）。

当時はかみさんが飼い主だったので、あんまりくわしく知らないのです。その頃はあまり猫が好きだったわけではないですから。今は僕が飼い主なのでまた違いますけれど。

今の猫に対する礼儀として、というのもあるけれど、猫というのは、今現在が大事なのであって、昔の猫についてはよく思い出せないものです。

猫というのは非常に現在的な生きもので、「未来はないけれど現在がある」。「現在しかない」といってもいいのですけど、その現在たるやおそろしく律儀なものでしてね。特に今の猫はパンクチュアル（時間に正確）で、朝食は午前八時と決まっている。僕はずっと朝遅いほうでしたが、猫が起こしに来るので八時前に起床しなきゃいけない。他にもうひとつパンクチュアルな存在があって、それがゴミ収集車です。この八時というのが僕にとって絶対の時間になってしまい、毎朝七時五〇分に目を覚まし、猫の餌を作って、それからゴミを捨てる。

さっき春風社の近くに植えられている桜の名札を読んでいたのですが、山桜に「バラ科ヤマザクラ種」と書いてある。同じように猫というのは、あんなに小さな身体ながら、恐れ多くも虎までも従える猫科なのです。ちょうど、バラが桜を従えるように、猫が虎を従える。それと同じように、僕を毎朝八時に起こすという誰もできなかったことをやってのけた。

三浦　一五七ページに「あまりに現在形な動物なのだから」という話が出てきますね。

長田　その頃から猫に関する考えは変わっていません。ただ、以前三匹の猫を同時に飼っていた時期があって、その三匹はみな二一年から二三年生きました。毎年一匹ずつ死んでいき、三年かけて一匹もいなくなった。そうやって猫が死んでいくさまを目撃したことで、猫の死について『ねこに未来はない』の頃とは違うとらえ方ができるようになりました。それで、後に、「三匹の死んだ猫」という詩を書いたのです。

現代では、猫の死も人間の死と同じように扱われ、ただ「死にました」では終わりません。たとえば、東日本大震災の時には、自分の飼っていたペットをどうすればいいのかという問題に直面しました。

特に猫は家につくと言われていますから「飼い主が家を追い出された」となったら、かわいいつもりで飼っていたのが、さまざまな問題を抱える存在に変わる。その場に残していった飼い主もいるかもしれない。自分の生活するところで、もし災害が起こったらと考えると、ペットを飼うというのも、そう簡単なことではないと思います。

タイトルも作品のうち

三浦　長田さんの本はタイトルがとても印象的ですね。

長田　タイトルというのも不思議なものです。J・D・サリンジャー*の『ライ麦畑でつかまえて』（白水社、訳者は野崎孝）という本がありますね。この本はずっと

* Jerome David Salinger　一九一九―二〇一〇年　アメリカの小説家

後に、村上春樹*さんが『キャッチャー・イン・ザ・ライ』というタイトルで翻訳されました。しかし、あれほどの人気作家をもってしても、『ライ麦畑でつかまえて』という最初のタイトルを超えることができないのです。

ドストエフスキー**に『白痴』がありますが、あれは直訳すると「バカ」という意味だそうです。「あれを『バカ』と訳したら、はたしてこれほど読まれる小説になっただろうか」ということを書いていた人がいました。

ソーセキ・ナツメの『*I Am a Cat*』なんて出てくると、どうもマンガっぽくなってしまう。英文学者の福原麟太郎***さんは、それでは「吾輩は猫である」の持つ語感が消えてしまうと考え、よりよいタイトルを考えました。そこで『*Here I Am—a Cat*』と訳した。なんでもないことのようですが、作品の根幹に関わることです。

三浦　一冊をのぞいて、本のタイトルをすべてご自分で決定されているとのことですね。

長田　僕はだいたいタイトルが先にできることが多いんです。ほかの方とは違うかもしれませんけれど、書いたものの最終の形というか、決定稿というのは本になったときと自分の中で決めています。

*　一九四九年―　小説家

**　Фёдор Михáйлович Достóевский　一八二一―一八八一年　ロシアの小説家

***　一八九四―一九八一年

訳題でも原題でも、タイトルには大きな意味があります。タイトルには著作権がないので、同じものが出てくることがある。タイトルによって本の印象が決まってしまうこともずいぶんあります。本も商品ですから、時代の常識に左右される。しかし、時代にあわせてタイトルを作ると、本そのものが羊頭狗肉になってしまいます。タイトルも作品のうちと考えるのが、本当はいい。

詩の仕事は死を語ること

三浦　次は『私の二十世紀書店』です。これは、二〇世紀を生きたさまざまな人が残した「本」に関するエッセイ集です。

僕は高校の社会科の教師をやっていた時期があり、生徒にもこの本をすすめていました。僕にとって、二〇世紀の教科書という位置づけです。二〇世紀を勉強するには、この本一冊と感じています。

たとえば、ギリシャの政治家でミュージシャンでもあるミキス・テオドラキス****という人を取り上げています。一七四ページに「テオドラキス」という項があり、その中に『抵抗の日記』という本が紹介されている。本文を読んでみましょう。

****　Μίκης Θεοδωράκης　一九二五年—

『抵抗の日記』と題された一冊の本。その主人公は、ちいさなテープレコーダーだ。この本のむこうに、エーゲ海にのぞむ国の隠れ家で、あるいは流刑地で、おおきな身体を折って、テープレコーダーにむかって一人ひそかに語りかけ、うたいつづける大男のすがたがみえる。大男の名はミキス・テオドラキス、現代ギリシアのもっとも魅力的な音楽家だ。

ギリシアの戦後をつらぬいて、音楽家としてのミキスは、国家権力にもっとも果敢に立ち向かう一人として生きてきた。とりわけ過酷な独裁下にあったギリシアの六〇年代を、ミキスはアテネの街で、隠れ家から隠れ家へ追われながら非合法運動をつづけ、ついに逮捕され、投獄され、流刑をうけて過ごす。

今日は彼の作曲集のCDを持ってきました。タイトルは『People's Music』（人民の音楽）。

一曲目に「ソティリス・ペトルーラス」という曲があります。ペトルーラスは『抵抗の日記』にも登場する青年で、「一九六五年四月二十一日」の日記には、テオドラキスが演説を行った際のことが書かれています。

二十三歳の経済学生ソティリス・ペトルーラスがテオドラキスを肩車に乗せ、群衆をかき分けて演壇に運んだ。夜に入ってペトルーラスは頭上に炸裂した催涙弾で殺された。警察はその死体を隠し去った。

このような記述があります。そのペトルーラスのことを書いた曲なのですね。先ほどの『ねこに未来はない』に、「そんなふうにふたりとも恋愛にとてもむちゅうだったので、世界はまるで魚眼レンズでのぞきこんだようにまあるく、まんなかはしっかりとおおきく、はしっこのほうはボンヤリとゆがんだりかすんだりしていて」という描写があります。

同じようにテオドラキスの周りにはたしかな現在があって、それは彼にとっては非常におおきくふくらんで見えて、その延長線上はかすんで見えていたのではないか。そんな風に、彼の見ていた世界を共有できるような気がする。だから、よけいにこの人はどういう現在を生きているのかと興味がもてる。『私の二十世紀書店』はそんな本だと思います。

では、ここでまた、ご来場の皆さんに質問や感想を伺いたいと思います。

参加者　この本を読んでいると、さまざまな場所を旅したような感覚に陥ります。戦争と革命の世紀と呼ばれる二〇世紀の物語ですから、語りようによっては世界情勢を語るような大げさな言葉になってしまう恐れもある。しかし、この本はあくまで日々の暮らしに目を向けながら、二〇世紀のさまざまなところで生きている人々について書いているように感じました。

長田　新聞の中央紙と地方紙の違いはなんだと思いますか?　「地方紙は地方目線で書かれている」などと答えがちですが、そうではありません。地方紙は死亡欄が充実しているのです。東日本大震災の際も、地方紙にはひとりひとりの死亡記事が掲載されていました。

世界のすべての地方紙において、「誰がどのように死んだか」を報せることは、とても大きな意味を持っています。中央紙だけが残っていくと、それがなくなってしまいます。

人の死が社会にもたらすことの意味はとても大きい。それでいながら、近代に生きるわれわれは、かつてマーク・トウェイン*が語ったように、その日だけその人の死を悼んで、あとはすっぱり忘れてしまう。本や歌あるいは詩はその逆です。

＊ Mark Twain　一八三五—一九一〇年　アメリカの著作家

「この人はどのように死んだか」を語る。

みなさんが知っているもっとも有名な死の歌はマザーグースの「誰がこまどりを殺したか」という歌でしょう。これがずっと続いてきた詩というものの仕事であり、記録文学の果たしてきた役割なんです。

戦争を記述するということ

長田　一九世紀の終わりから二〇世紀にかけては世界史の中でも特異な一〇〇年だったと思います。革命と呼ぼうが戦争と呼ぼうが、大量死をもたらしたことに変わりはありません。

信じられないと思いませんか。北朝鮮で死んだ人の遺骨が数十年過ぎて出てくる。日本ではその骨に大きな意味を持たせます。太平洋戦争でも、今回の北朝鮮の件でも遺骨が戻ってくることを重要視する。この習慣はヨーロッパにはほとんどない。

ヨーロッパは現地主義です。現地に骨を埋める。だから、ノルマンディー上陸作戦が行われたフランスの海岸や、第一次世界大戦で戦場になった場所に、おびただしい数のイギリス人の墓がある。

　ところが、第一次世界大戦はひとりひとりの名前の墓があるけれど、第二次世界大戦になると死者が多すぎてそれがない。

　戦争に対しても、それぞれの国でずいぶんとらえ方が違うことがわかります。たとえば、僕が感じる韓国と日本の大きな違いは、韓国はベトナム戦争に参戦し、当事者として戦争を経験しているという事実です。韓国映画を見ていると、恋愛映画の中に突然ベトナム戦争に参戦して死んだ人の話がひょいと入ってきます。日本ではそういうことはほとんどない。戦争は非常に不思議なもので、そういうところを垣間見せてしまう。

　日本もいろんな戦争を経験しました。僕が一番印象的だったのは、第二次世界大戦時に軽井沢にいたフランス人記者の話です。彼は大戦最後の年に、軽井沢に勾留されていた。そして、八月一五日に解放されます。そのときに軽井沢の人たちが出迎えてくれて、口々に「よかったですね」という。今まで自分を閉じこめていた人たちが「よかったね」という。「こういう人たちがどうして戦争を始めたのだろうと非常に不思議に思った」という文章を残しています。

　第一次世界大戦というのは日本の言葉です。日本語はとても注意深い言葉なのですね。英語ではHoly Warともいいます。第二次世界大戦の後は「戦争」という言葉が使われなくなって「紛争」などという言葉に変わっていく。ベトナム戦争がかろうじて「戦争」という言葉を使っています。

戦争で死んだ人についてどう書くかを日本人の問題として考えなくてはいけません。この間もシリアの紛争に巻き込まれてジャーナリストが亡くなりましたが、英語のメディアはすべて「She was killed」、つまり殺されたと書いています。ところが、日本語のメディアは、事件から日が経つにつれ、まず例外なく「没した」という表現を使うようになります。

昨日も「リビアでアメリカの領事館員が殺された」というニュースがありましたが、「殺された」と書いていない新聞がある。日本では「殺された」という言葉を原則的に選びたくないという気持ちが働く。しかし、「殺された死」と「そうではない死」とでは大きな違いがある。

日本では戦争で死んだ人たちの鎮魂碑を、山や町外れに建てます。しかし、ずっと戦争をやってきたアメリカでは、町の真ん中に建てる。小さい田舎町でも教会と同じように必ず建てられていて、「町の人がどの戦争で何名死んだか」が記されています。ベトナム戦争で何人、第二次世界大戦で何人の死者が出たかとちゃんと書いてある。

日本にはそれがない。だから、死んだ人の持っている意味が、「御霊」になるとかいう言葉で表現され、抽象化されたものになっていく。そして、その死にほんとうに意味があったのかどうかさえ、わからなくなっていく。

そのことに抗い、なんとかして自分たちの記憶にとどめたいという感情から、いくつもの本や詩が書かれてきたと考えてみると、特に二〇世紀は一日の例外もなく死者の日であると思います。こういう人が生きて死んでいったという物語になるような死に毎日遭遇する。

『私の二十世紀書店』の中で、メキシコの『ペドロ・パラモ』について書いた時に、訳者が非常にうまい言葉を使っています。「死者が遺しているのは『ささめき』なんだ」、「耳を澄ましてその『ささめき』が聞こえるはずだ」と、「ささめき」という言葉を選ばれた。僕はそれが非常に印象的で、耳をすまさないと聞こえない「ささめき」という言葉の中に、日本人の死者に対する気持ちがこめられているように思います。

あらゆる言葉の本が訳される日本

長田　このエッセイは、すべて日本語に訳された外国の本の話です。こんなに世界中のものを翻訳している国はありません。どこの国に行っても見つからないものが日本に来ると翻訳されて存在する。だから日本では、その気になれば、ほとんどのものを読むことができる。「英語を勉強して話せるようになれば、世界を知ることができるようになる」とみなさん思わされていますけど、英語に翻訳されているものは非常に少ない。日本の文学がどれだけ英語圏で訳されているかをみればすぐわかります。

しかし、日本では、太平洋の島々に至るまで、さまざまな国の翻訳がほとんどある。まじめに、勤勉に、全て出版されます。

第二次世界大戦中、あれは満州事変から数えて一五年続いた戦争ですが、その間日本はずっと閉ざされて鎖国のようになっていたと考えられがちです。しかし翻訳の分野にかぎっていうととんでもない。太平洋戦争のさなかの昭和一八年、一九四三年は日本でもっとも翻訳書が出版された年なんです。翻訳本が一切出版されなかったのは、明くる年の一九四四年から一九四五年の敗戦にかけてだけです。

たとえば、朝鮮を占領して植民していたというのはよくないことですけれど、当時の朝鮮総督府をめぐる資料は、驚くべき内容のものが、驚くほどたくさん出版されています。それがいまだにさまざまな学術研究の基礎になっている。

実は『私の二十世紀書店』の話をするのはあまり好きではないんです。必ず、「ここに出てくる本はどこにありますか」といわれますから（笑）。なかなか、見つからない。特に現在、ここに出てくる本を探すのはすごく難しい。

難しいけれど、僕が入手した経路は実はとても単純です。これらの本はすべて、たまたま古本屋で手にした本が中心です。この「たまたま」は、町の本屋に行かないと出会えない。この本を「書店」と題した理由はそれです。ところが今は書店がなくなってしまった。

ただ、見つからないかもしれないけれど、出てはいる。本の特徴は、二冊以上存在することで、一冊だけの本は本じゃない。もっとも売れない本でも必ず複数冊存在するわけですから、いつかは必ずどこかから出てくる。自分が手にした本はあくまで複数冊のうちの一冊だということが、とても重要なことだと思うのです。

今は町の古本屋さんがなくなった代わりに、デパートの古本市というのがさかんです。そこでは「こんな時代にこんな翻訳がでてたの?」という発見がたくさんある。日本人の翻訳への情熱は、なにも『解体新書』を出版した杉田玄白*たち

* 一七三三—一八一七年　蘭学医

だけに宿っていたわけではありません。こう言っては怒られるかもしれませんけれど、そういう本を作っている人たちは、「この本読んでくれる人いるかなあ」と不安に思いながら出版している人がほとんどじゃないでしょうか（笑）。

本に残される記憶の形

もし『二十一世紀書店』をまとめる人がいたとしたら、その人のためにしてはいけないことがある。それは本に線を引くことです。最近「本の中身を覚えるためには線を引け」という人がいいますが、それは間違っています。特にボールペンで引く人がいます。馬鹿としかいいようがない（笑）。後生の人のためにぜったいやってはいけない。

しかし、書き込んでいることが意味を持つこともあります。それは、「この本を何月何日に購入し、何月何日に読了した」という記録です。

その中のひとつに「真珠湾攻撃の次の日に銀座で本を買って、一〇日後に読了した」という記録があります。何の本かというと、第一次世界大戦時に、ドイツの収容所に囚われたフランスの歴史家が書いた、収容所での日記つまり俘虜記です。それを銀座の本屋で買った。太平洋戦争が始まった日にそういうことをしていたという記録がそこに残っている。

日本では真珠湾攻撃の三日前に、モーツァルトの交響曲のコンサートをやっています。さらに昭和二〇年の八月一五日、戦争が終わった日に発行された本まである。そんな日にまで本を出していた人がいる変な国です。

敗戦の前年、昭和一九年に世に出た本というのも存在します。国民の総力結集が求められた時期に出たその本は、はしがきに「見事無用の書が出来上がった」と記しています。『書物』というタイトルのその本は、現在文庫で容易に手に入りますが、文庫の奥付からはそういうことは伝わってこない（森銑三・柴田宵曲共著、白揚社。後に岩波文庫に収録）。

現在の出版の慣例には困った点があります。それは全集がでると単行本が消えてしまうケースがとても多いことです。僕はある時から全集でしか読めないものを残して、すべて売ってしまい、あとは単行本を買い直すようになりました。するといろいろなことがわかって非常におもしろい。著者の個性、出版社の個性、それを読んだ人の個性、いろいろな名も無き個性が伝わってくるのは全集ではなく、元の単行本ですね。本というのは作り方によってぜんぜん違ってきます。

さっき取り上げたギリシャのペトルーラスですが、彼にはお墓がありません。だから本がお墓になる。本の中に書かれた文章がその人の記録になる。お葬式で読まれる追悼文などがしばしばそうであるように、言葉というものは、その人の死後に記憶を生かすものでもあります。

『私の二十世紀書店』では、ほとんど書き手が亡くなっている本について取り上げています。今になってみると、「この人はどういう本を書いたのか」ではなく「この人はどういう本を遺して死んだか」という備忘録になっている。この本は「私の二十世紀墓地」みたいなものと考えていただいてもいい気がします。

ヨコハマ経済新聞　二〇一二年一二月七日

本を読む、書く、出版する

平尾隆弘×三浦衛×中条省平

文藝春秋前社長の平尾隆弘氏と、
創業一五周年となる春風社代表の三浦衛が、
司会にフランス文学者の中条省平氏を迎え、
二〇一四年九月二〇日に東京堂書店神田神保町店で
公開トークを行いました。

二人の馴れ初めは、一通の読者カードから

中条　お二人ともとてもお話が上手で対談にすればいいはずなのですが、僕が司会に呼ばれたのは、共に話を止めないからです。どんどん長引くことを阻止するための防波堤が僕です。平尾さんとお会いするのは今日が初めてなのですが、楽屋では、なるほど平尾さんを前にしてはおしゃべりな三浦さんが押され気味という感じでした。

三浦さんとは昔からの知り合いです。かつて安原顯*という伝説の編集者がおりまして、天才エディターと自ら称していた方ですが、その安原さんが一九九三年ごろに創作学校を始めました。日本の小説家たちに活気がないので、俺が小説家を発掘すると。そこで僕は添削係として勤しんでいました。その第一回の生徒だったのが三浦さんだったのです。小説家になるという野心があったわけではなく、安原とはどんな人だろうと思って入ったようです。それ以来の付き合いなんですね。

三浦　僕と平尾さんとの馴れ初めは、春風社が創業一〇周年を迎えたときに遡ります。一〇周年を記念して、金のないところから出版社を立ち上げたということを書いた『出版は風まかせ』を出しました。しばらくすると「平尾隆弘」と書か

* 一九三九—二〇〇三年

れた読者カードが届きました。「同業の」とあって、どこかで目にした名前。ネットで調べたら文藝春秋の社長でした。確かこの東京堂書店で買われたそうですね。それからのご縁です。
　次に『父のふるさと』という活版で函入りの本を出したのですが、これは平尾さんにプレゼントしなければと思っていたら、その前に読者カードが届いてしまった。この本は一冊ではなく、三冊購入されたそうです。そして三冊目の小説『マハーヴァギナまたは巫山の夢』を出したときは、市場に出る前に急いで届けました。こういう経緯です。

平尾　『出版は風まかせ』は大変面白い本でした。その文章には安原さんの影響がありますね。クソミソに言うときは啖呵を切って元気がいい。開かれた本なのです。
　春風社はそれまで知らなかったんだけど、褒め過ぎかもしれませんが、社長である著者は集中力と瞬発力と持続力を備えている。新井奥邃《あらいおうすい》*という人の著作集を作っていますね。三浦さんは、前に勤めていた出版社からも奥邃の本を出している。その会社が倒産して、自分で出版社をやろうと三人で始めたのが春風社ですが、また新井奥邃の著作集を出すという大それた企てを行っている。臼井吉見**さ

* 一八四六―一九二二年　キリスト者、思想家

** 一九〇五―一九八七年　編集者、小説家

んの『安曇野』に名前がちょっと出てくるのですが、私は「おうすい」という読み方も知らなくて、そんな人の本を出して大丈夫なのかと。でもこうして頑張っている。すごいことです。文藝春秋は菊池寛***が創った会社ですが、社員が友達になるのではなく、友達が社員になって始まった。一種の共同体的な雰囲気。春風社には文春の草創期を思わせるようなところがあると思いました。

『父のふるさと』はお薦めです。函入りで本体一九〇五円ですよ。どうして感激したかというと、内容もさることながら造本。機械函ではなく貼り函で、金属活字です。しかもどういうパーツで本ができあがっているのかが分かる付録もある。まさにオブジェとしての本、電子書籍では味わえない、モノとしての本の良さが籠っている。たくさん買った理由は社員にも見せたかったから。会社のデザイン室の女性に、「俺はこれを見て興奮した。こんな素敵な本を作りたい」と言ったら、「平尾さん、この本の作りだったら三〇〇〇円以上になる。作っていいんだったら作りますよ」と言われた。うーん、高すぎる、止めとこうと思いました(笑)。とにかく、基本は好きということですよ。それで出版ができるなら、これほど幸せなことはない。その雰囲気がすごく伝わってくる本です。

中条　いま文藝春秋草創期のお話が出ましたが、実は平尾さんは文藝春秋を受験

***　一八八八―一九四八年　小説家、ジャーナリスト

できない可能性もあったそうですね。

平尾　私は神戸市外国語大学を出ています。とにかく出版社に行きたくて学生課に相談に行くと、立ち所に無理だと言われました。求人もないし、難しいから諦めなさいと。そこで旅行会社の試験を受けて通ったのですが、やはり出版社に行きたいと思って、履歴書をいっぱい持って、東京の出版社を回った。最初に行ったのは、『夜と霧』『デスク日記』と私の好きな本を出していたみすず書房。それから筑摩書房、新潮社、中央公論社などいろいろなところに行ったのですが、どこも入社試験をやっていなかった。

期せずして規模が段々大きくなって、文藝春秋に来た。そこで総務の女性が、それが超美人だったのですが、「私たちの会社は入社試験はあるけれども、指定校制度（当時）がある」と言うんです。「神戸市外国語大学はちょっと……」みたいな感じなのです。でも入社試験はやるわけですよ。「それは不公平だ」と言ったら、「会社に知り合いがいたら、受けられますよ」と言う。「いま私と話して知り合いになったでしょう。お願いですから、貴女が紹介してください」（笑）。すると彼女の代わりに今度はおっさんが出てきた。「承りました。総務局長に中野修という者がいて、会社には内緒であなたの知り合いということにしておくから受けてみなさい」と言われたのです。むしろこれが有利に作用したのかもしれない。というのは、後年、自分が面接する側になると、新聞社、テレビ局、メーカーも受けているという人よりも、本当に出版社に行きたいという人のほうが好感を持つわけですよ。指定校でもないのにわざわざ来たのはプラスに働いたのかもしれない。

中条　指定校でなくても社長になれるというのは、非常に明るい話題です。その受験には後日談があるそうですね。

平尾　それで「中野修」さんにお礼を言おうと思ったのです。でも、会社には内緒ということだから、会社に電話してしまったら迷惑がかかりそうなので、直接自宅に電話しようと思った。そこで東京都の電話帳で「中野修」全員に電話したのです。ところが文藝春秋の中野修さんはいなかった。その後、入社試験を通った者が呼ばれる交歓会があったので、そこにいた中野さんにお礼を述べて、電話の件を話すと、「君はバカだね、僕は千葉の市川に住んでいるんだよ」と笑われた。私は田舎者だから、てっきり東京に住んでいるものとばかり思っていたんですね。

中条　一方の三浦さんは、会社を創ったころ金がなかった。

三浦　なかったどころか、僕個人の借金で大変だった。前の出版社には一〇年いたのですが、そのときに保土ヶ谷にマンションを買いました。そこがありながら週末しか帰れなかった。社長と飲みに行くのが僕の仕事だったからです。太鼓持ちというか露払い。だから毎日カプセルホテルに泊まるわけですが、その前に行きつけのスナックに行くという繰り返しで、借金して飲んでいた。会社を始めたときは、僕個人としてゼロどころかマイナス状態。毎日毎日、日銭を稼がないといけないわけだけど、それだけではつらい。それで『新井奥邃著作集』を出そうと思いました。

大学のときに、林竹二[*]さんの毎日出版文化賞を受賞した『田中正造の生涯』を読んだのがきっかけで新井奥邃と出会った。その本の中に、「新井奥邃という人は、あまり一般には名が知られておりませんけれども、幕末期における仙台藩の生んだ最大の人間と言ってよろしいように思います。特にキリスト教の信仰、その思想的な把握の深さにおいては、日本ではもちろん、世界でも比肩するものは稀であろうと思います」と書いてある。これがガツンときた。三〇数年経ったいまも、この言葉が僕に響いています。

* 一九〇六―一九八五年　教育哲学者

「好き」「嫌い」の関係をどうやって考えるか

中条　お金の問題がある一方で、企業の規模は小さくても人と人とのつながりが濃厚で、それが出版の根底にあると思います。

ところでお二人とも、ものすごい読書家ですね。まずは平尾さんの「遍在する読書」についてお聞かせください。

平尾　理想は「いい本」「好きな本」「売れる本」、この三つが一冊の本で実現することです。この仕事を始めるに当たって最初にぶつかったことは、「好き」があれば「嫌い」もあるということです。読書は普通、読みたい本を読むわけでしよう。嫌いな本を読む必要はない。ところが職業にしますと、好きじゃない本も読まなければならない。これが第一の壁。どうすればいいのか悩みました。

妹尾堅一郎**という人が言っていることですが、みんなと同じことを言えるかどうか、それからみんなと違うことを言えるかどうか、この二つが両方できなければいけない。同じことばかり言う人は凡人、違うことばかり言う人は変人、変人と凡人の両方を身につけないといけない。読書に関しても同じです。好きなものだけをやっていたら職業ではない。職業である以上、嫌いという概念をどう処理できるかが一番大事なことです。「好き」をなくしてはいけないけれど、「嫌い」には対応しないといけない。どうやって克服するか。結局自分が嫌いでも好きな

** 一九五三年― 経営学者

人がいるに違いないと考えていったのです。これをいいと言う人はどういう目で見ているのだろう。ケインズの美人投票のようなもので、自分は美人とは思わない。しかし衆目の見るところ、トップになりそうな人は誰なのか？　その人に投票するという発想です。自分の好みと全体の好みをどうやって調和させるかという問題に行き着きますね。そこでは「量が質に転化する」のです。つまり自覚的にたくさん読むと、水準が分かってくる。映画でも音楽でもそう。全体をどれだけカバーできるかという自覚があれば、評価のアイテムや基準が増えてくる。直木賞や芥川賞の選考では、先生方それぞれに実作者としての風景、会話、構成などすごく詳しいアイテムがある。これが「量が質に転化する」ということ。「遍在する読書」というのは、気取った言い方ですが、たくさん自覚的に読んで、他人の評価を自分の中に入れるというプロとしての読書のことです。

中条　自分の好みに従って読むことはみんなやっている。しかしプロの経験を積むことで、そうではないさまざまな視点からの読書経験を否応もなく持ちます。それが通常の読書を豊かにするということはありますね。つまり好きだけで読んでいたら発見できないようなことが、見えてくることはあります。

平尾　だからね、私も安原さんを尊敬しているけれども、彼はクソ本とかクズ本とよく言っていたでしょう。私はそれは世の中にないと考えています。どこかに必ずいいところがある。一〇〇%クズ本があるとしたら、なぜこのクズ本が生まれたのかという発想がありうるわけです。

中条　特にいまの日本のように自分が一番大事と思うようになると、自分の視点に自足しないで、常に他者の考えを持つことが大事ですね。自分なんてちっぽけなものに過ぎないことを、あるいは自分の楽しみ方よりも別のところにある楽しみ方を知るために他人の書いたものを読むわけですから。一方、三浦さんは「遅読精読乱読」とありますね。

三浦　僕は、山あり川ありの田舎で生まれ、育ちました。私の家はもちろん、学校の先生の家以外には本なんてなかったと思う。小さいころは全然本なんて読まなかった。本を読むようになったのは高校に入ってからです。春風社では既に刊行点数五〇〇点を超えましたが、すべての本にどうやって「好き」を芽吹かせるか、それを一番大事にしています。好きもあれば嫌いもあるわけですが、嫌いなものでも途中から好きになることはある。好きの種をどういうふうに植えて、育てるかということを考えています。それが「遅読精読乱読」につながっています。

まずゆっくり読む。僕はもともと読むのが遅いんですね。遅いけれども、その代わり全体ではなく部分の面白さに気付かされることがある。うちは人文社会科学系全般を出しているので、今までそのジャンルの本を全く読んだことがないという原稿も扱っている。けれどもゆっくり読んでいると、いろいろなことに目を開かせられる。そこを逃さずに、掴んで育てることを大事にしています。

つらつら思い返してみると、その源は小学校のときの体育の授業にあったと思う。サッカーの時間になると、子どものときはみんなシュートをしたいからキーパーは誰もやらない。でもそれだとサッカーにならないから、ある時、僕が好きでもなんでもなくキーパーをやった。ところがやってみると、ボールが飛んでくる方向を予測して飛び、外れるけれども五回に一回くらいは予測が当たって止められる。これが面白かった。それを見ている仲間たちが、キーパーに興味を示して、次回から何人かキーパーをやりたがるんですね。最初から好きでなくても、実際にやることで見つかるということはある。出版に携わって思い出すのは、このことですね。

中条　いまお二人は、自分が知らない世界を知ることの面白さについて、違う角度から言われたと思います。実際、三浦さんは毎日本当にちょっとずつ読んでいて、『失われた時を求めて』全編を二回読み、そして『源氏物語』は?

三浦　二〇代からですが、原文で三回。訳では瀬戸内寂聴さん、田辺聖子さん、橋本治さん、谷崎潤一郎、与謝野晶子を読み、円地文子さんはこれから読みます。それと『大菩薩峠』は僕の愛読書（笑）。

中条　毎日少しずつでも大長編を読めてしまう。本当にイソップ童話のような人ですね（笑）。

三浦　先ほど平尾さんにお褒めの言葉をいただいた「持続力」かもしれません。僕はむらっ気があって、乱れっぱなしなのですが、こつこつ農作業をやっていた亡き祖母の血が流れているのかもしれない。

中条　さて、お二人の共通点は、自身が書き手でもあるということです。有名な出版界のジンクスで「社長本を出すと、その会社はつぶれる」と（笑）。しかし春風社はつぶれていませんね。

三浦　おかげさまで。僕の耳にもそのジンクスは入っていた。ところがジンクスを破れば目立つわけ。うちはお金がないから、目立たないと話にならない。とにかく目立とうという意識で三冊出しました。

中条　平尾さんの目に留まったわけですから、その戦略は成功していますね（笑）。その一冊目の『出版は風まかせ』には会社設立時の話がものすごく面白く書かれている。

平尾　三浦さんを見ていると、スティーブ・ジョブズ*のスタンフォード大学での講演を思い出します。彼は「点と点をつなげる」と言っていますね。同じことを言っていても、ジョブズが言うと迫力が違うでしょ。新入社員に映像を見せて「俺も同意見だ」なんて話したこともあります（笑）。ジョブズは大学を中退し、潜り学生として他大学でカリグラフィの授業を熱心に受けた。ただひたすら興味があって好きだったから。ところがその経験がアップルでの仕事に決定的に活かされるわけです。三浦さんの出版活動も「好き」が原点にあります。新井奥邃、田中正造、林竹二、梅津八三……点と点がつながって星座を作っていることがよく分かる。社長が自己顕示欲に駆られて書いたのではなく、ごく自然に生まれ出た本だと思っています。

中条　三浦さんの本には社員が出てくるだけではなくて、周りのいろいろな人たちを巻き込んでいく様子が描かれています。それがとても楽しい。

そして平尾さんの『宮沢賢治』ですが、実はこれは触れないでほしいと言われているのですが、触れてしまいます。これは吉本隆明**的なかっこよさを感じました。

平尾　いやあ……。あのね、これを書いたのは二〇代です。会社をいつ辞めよう

＊　一九五五―二〇一一年　アメリカの起業家

＊＊　一九二四―二〇一二年　詩人、評論家

かと思っていた時期。書く才能もなかったし、編集という仕事が面白くなってきたこともあって、この本を出した後、編集者がものを書いてはいけないと思うようになりました。三浦さんはいいんですよ。私の場合は、編集者と物書きが背中合わせにくっついていると思っています。どちらかをやるとどちらかが必ずお留守になってしまい、中途半端になってしまうので止めようと思ったのです。

「文藝春秋」において「文藝」は編集者、「春秋」はジャーナリズムの世界です。この二つは似ているようで全然違う。編集者というのは極端に言うと、褒めることが仕事です。まず理解すること。理解することを通して最大の批判者になることが一番。理解がなく批判だけするのは、ただケチをつけているだけ。最大の理解者であることが根底です。作家の場合、自分が最高と思っていない作家というのは自己矛盾しているんですよ。それに絶対に孤独な仕事であって、本人もそう思っています。それに耐えるのが作家だから、最大の理解者を求めている。しかし書き手としての自分にエネルギーを割くような編集者が、最大の理解者になれるわけがありません。

私は「週刊文春」もやっていたのですが、ジャーナリズムは褒めることではなく、何かがおかしいと思う批判精神がないと仕事にならない。「朝日新聞はおかしいぞ、俺は前からそう思っていたぞ」と。いまの立場だったら、朝日新聞もいいところがあるから、頑張れと言いたい気もする（笑）。ジャーナリズムは世界を知る言葉ですが、文藝の言葉は個人の内面に行き着く。文藝とジャーナリズムの言葉は機能も違っている。そこを往復運動するというのが理想ですね。

『新井奥邃著作集』という事件

中条　後半はお二人が手掛けた本の中から思い出深い三冊について語っていただきます。まず平尾さんの一冊は、立花隆*・利根川進**著『精神と物質』です。これは対談集ですが、難しい本ですね。

平尾　私が月刊「文藝春秋」編集部にいたとき、連載を担当しました。

立花さんは天才ですから、若いころは自己本位で、どうしようもないと思ったりしました。今は大好きですよ（笑）。あの人は一日に三冊、四冊と本を読む。頁を開いて全体を俯瞰し、絵や写真を一目で見るような視覚的読書法を身につけています。田中角栄、農協、サル学、宇宙、臨死体験と、どんどん新しいジャンルに挑戦していく。「とにかくそのジャンルの本を四〇冊読んだら、大体の水準

*　一九四〇―二〇二一年　ジャーナリスト

**　一九三九年―　生物学者

が分かる。そこがスタート時点だ」と言っています。
利根川さんがノーベル賞を受賞したので対談をお願いしました。分子生物学についても、当初彼は全くの素人でした。そのときのテープを起こしたのですが、最初は利根川さんが立花さんのことをバカにした態度なんです。利根川さんは立花さんのことを田中角栄研究では知っているけれども、文系のやつが分子生物学を分かるはずがないと思っている。立花さんが質問すると、利根川さんは関西弁なのですが、「説明しても、分からんやろ」と言っている。それを聞いてドキッとしたのですが、私たちにはいつもぶっきらぼうな立花さんがものすごく謙虚なんだ（笑）。「先生、それは『ネイチャー』のこの論文のことですか?」。英語の論文を読んでいるんですよ。利根川さんは「あんた、読んどるのか?」とびっくりして、「あんた、よう勉強しとんなあ」と感心しているわけです。そういう本です（笑）。この本は一九八八年ですが、いかに分子生物学という領域が日進月歩かも分かりますね。

中条　その裏話は面白いですね。インタビュー形式で読みやすいのですが、内容はハード。チャレンジしがいのある本です。

続いて三浦さんの『新井奥邃《おうすい》著作集』です。この「邃」の字読めませんよね（笑）。

創業当初に著作集を柱にすることによって、『新井奥邃著作集』を出している出版社と認知されるようになりました。これは『精神と物質』とは違う意味で非常に難しい本です。なぜかと言うと、漢文の読み下し風の文語で書かれているし、キリスト教哲学を背景にしている信仰の書でもあり、単に論理的に分かるものではない。けれども論理性をはみ出したところに感動がある。こういう著作集を出したことは、一つの事件だと思います。

三浦　本当にありがたい話です。いま中条さんがおっしゃったように、奥邃というほとんど知られていない人物の著作集を出したわけですが、奥邃は幕末の生まれで、アメリカに二九年間いて、日本には一八九九年に帰国した浦島太郎みたいな人です。僕は学生のときに林竹二さんに導かれて知り、前の出版社のときに永島忠重さん編集による『奥邃廣録』の復刻版を出しました。

漢文が読めるわけではないし、キリスト教に詳しいわけでもないのですが、実際に彼の文章をつぶさに読んでいると、とにかく元気になる。数年前に新宿で新井奥邃に関するシンポジウムが三日にわたってありました。そのまとめは東京大学出版会から出ているのですが、そのシンポジウムに僕も招かれ著作集出版の経緯を話しました。僕にとっての読書は「体の感じ」が先にありまして、後から頭が追いかけるという具合なんですね。田中正造研究者の小松裕*さんからシンポジウムの最終日に「三浦さん、日に日に元気になるね」と言われた。自分では分からなかったけれども、新井奥邃のことになると元気になるということがあるらしい。奥邃に触れていると、辞書的な意味では分からなくても、音読するとグッ、グッとくるものがあって、姿勢が正されるんです。

平尾 私は、本文全部に目を通したわけではないのですが、月報は読みました。そこで中条さんが、奥邃の引用として「一点の生命我に開息すれば、春風温にして内天明なり」を紹介しています。ここに「春風」という言葉が出てきて、中条さんは、「春風こそは奥邃的「無心」のもっとも美しいイメージだといえるだろう」と書いています。この「春風」と社名は何も関係がないのですか?

三浦 何もありません。

中条 私も偶然「春風」が目に付いた。だから三浦さんから聞いていたわけでもない。

三浦 何カ所にも「春風」と出てくるのですが、関係ないんです。

平尾 これはすごい、シンクロニシティですね。

中条 『新井奥邃著作集』は、三浦さんの「好き」と出版人としての「気概」が

＊ 一九五四―二〇一五年

一致している、つまり俺が社長だから出せたということが幸福ですね。でもはっきり言って商売には……。

三浦　全一〇巻を各五〇〇冊ずつ作って、いまは在庫僅少ですけどね。一五年かかっているのは商売としてどうなのか……。

中条　しかし、出版社が一五年持たないといけないわけで、そこはすごいですよ。片や三浦佑之*著『口語訳　古事記』は三〇万部も売れた。いまは文庫にもなっていますね。

平尾　これは「いい本」「好きな本」「売れる本」が一致した本です。

新井奥邃についてもう少し伺っていいですか。奥邃はこう言っています。「未だ世界全体が救われないのに、特にまず一個体又は数人のみが円満に救はれると云う事は必ずあるべからざる理を知らなければなりません」。これは、宮沢賢治**が「世界ぜんたいが幸福にならないうちは個人の幸福はありえない」と言ったのと同じです。いわば絶対的な言葉であり、ある種脅迫的な意味合いを持っている。こういう言葉を言える人は「聖者」なのです。私はそういう人に魅かれるところがありますが、一方でこの台詞は全体主義に行き着く可能性もあると思います。奥邃の事績をたどれば、彼自身にそうした懸念はありません。宮沢賢治は三七歳

* 一九四六年―　文学者

** 一八九六―一九三三年　詩人

で死んでいるので、その先は分からない。ちなみに奥邃と賢治は五〇歳違い、関係ないけど私と賢治も五〇歳違いです（笑）。

宮沢賢治は「ほんたうのほんたう」という言い方をしています。キリスト教も本当、イスラム教も仏教も本当。だけど「本当の本当」とは言い切れない。「ほんたうのほんたう」は『銀河鉄道の夜』で何度も繰り返されるフレーズです。個人個人のレベルで本当の幸福が存在していい。しかし本当の本当の幸福は、個人と世界全体を一緒に満たす状態であって、それを求めてやまないわけです。奥邃もそれに通じるような気がします。

ガンジー***もまた「聖者」でしょう。ジョージ・オーウェル****はガンジーについて書いたエッセイで、「人間的であることの本質は、完全さを求めないことだ」と言っています。ガンジーのような「聖者」に憧れる人は、「人間らしくありたい」気持ちをあまり感じない人たちではないか、とも言っている。「完全性と全体性は違う」というユング*****も同じ。完全性は欠点を克服しなくすこと、全体性は欠点をそのまま包括することです。やっぱり、私は「全体性」という思想のほうが好きだし共感するんですよ。奥邃は心に刻印される絶対的な言葉を言っている、その良さと危うさとの両方を感じますね。

*** 一八六九—一九四八年 インドの政治指導者

**** George Orwell 一九〇三—一九五〇年 イギリスの作家

***** Carl Gustav Jung 一八七五—一九六一年 スイスの精神医学者

中条　確かに個人の完全さは全体の完全さがなければ成立しないという気持ちを、一つの命題として掲げてしまうと狭量な全体主義に結実してしまうかもしれません。しかし、一方でわれわれのような凡人が自分の幸福に自足しているときでも、飢えている子どものことを思って心が痛むという、つまらない形ではあるけれども共有しうるものとしてありますよね。宗教的な断言とは別に、もう少しささやかな人間的な真実に触れているという気もします。

平尾　そうですね。大事なことです。自分だけの幸福でいいのかという問題もありますからね。

中条　奥邃、賢治、オーウェルの間で引き裂かれていること。でも引き裂かれている人は、そこを考えようとしているからだと思います。そういうことは、読書を通じて得られる他者の経験を抜きにしては生まれてこないのではないでしょうか。

三浦　奥邃についていては、いま新たに進めている企画もあってまた読み直しているのですが、何度読んでも、読むたびに元気にはなるけれども、ますます分からなさは大きくなると思っています。分からないことに支えられているような気もしているんです。分からないことがたっぷりあって、ほんの一言でも「あっ!」と思えると、それがすごく自分にとっては貴重。入門書についてさかんに問い合わせがあったものですから、著作集の中から一〇〇個ぐらいの言葉をピックアップして注記を付ける『奥邃ポケット』という本を用意しています。

哲学者の森信三*さんは奥邃のある一言でもって、こんな人が日本にいたのかと感銘を深くし、奥邃を終生の幻の師として景仰したようです。その一言とは「生命の機は一息にあり」。その「機」が、どういう意味で使われているのかよく分からない。森信三さんに関する本を何冊も出されている寺田一清**という方がおられますが、彼は、この一語に注目しながら、一度として森先生に尋ねたことがなかったそうです。万一にも解説を求めたら必ず一喝されること必定と思ったからと。「機」についていろいろ調べると、「天機」という言葉があった。熊沢蕃山***が「天機」ということを言っていて、空を飛ぶトンビや水を泳ぐ魚は無知である。それ故、天機に動く。それに対して人間は知ある故に、私心、天機をふさぐと。「あっ!」と思った。

仙台藩出身の奥邃はアメリカのトマス・レイク・ハリス****のもとで独特の仕方でキリスト教を吸収したわけですが、儒教であれ仏教であれ、相当勉強したはずで、さまざまな要素が流れ込んでいる。それが地の文ではなかなかピンとこない。語

* 一八九六―一九九二年

** 一九二七―二〇二一年 著述家

*** 一六一九―一六九一年 陽明学者

**** Thomas Lake Harris 一八二三―一九〇六年 アメリカの宗教家

句索引でもあればいいがとも思っています。僕が生きている間は無理でしょうけれど。不可思議な、知れば知るほどますます分からない人です。

企画から編集まですべてやった『こんなもんじゃ』

中条　それでは『口語訳　古事記』についてのお話をお願いできますか。

平尾　私が作ったのではなくて、出版しませんかというお話が三浦佑之先生から来ました。その原稿を拝見して、いい本だと思ったので、どうやって売ろうかということを考えたり、造本に関わったりしました。売れたので嬉しかった。古老が、古事記の物語を語るという、口語訳としての文体になっています。そもそも古事記は語りがベースになっていますからね。これは注も充実しています。いまの古代史の学問の水準を相当カバーしていると思いますね。

中条　索引も充実している驚くべき本です。初めて読んだときは、これが古事記なのかと思ってしまうほど不思議な語りですよね。そういう文体にしなければならなかった理由については、三浦佑之さんの解説で書かれているので、そういう部分も読み応えがありますね。

さて三浦さんの二冊目は青江舜二郎*の『法隆寺』ですね。

三浦　はい。これは戯曲です。よくよく考えてみるとうちの出版活動は人との縁で成立していると思いますが、この本もそういう一冊です。青江舜二郎は、僕と高校の同窓で大先輩に当たる秋田出身の劇作家です。『宮沢賢治　修羅に生きる』がすごく面白かった。『狩野亨吉の生涯』など評伝も多く物している人です。映画監督の大嶋拓さんが、「秋田魁新報」に青江舜二郎についての記事を書いていまして、これは『龍の星霜――異端の劇作家　青江舜二郎』というタイトルで春風社から出させていただきました。とても面白い評伝です。

青江さんは劇作家として超有名な人で、『法隆寺』は劇団民藝でやった。しかしそれはオリジナルの台本ではなかったそうです。大嶋さんがオリジナルの台本を調査し、全く初めて本になったものです。僕は読ませていただいたときに、竹内敏晴**さんのところで演劇に親しんでいたことの影響があったのかもしれないが、普通に読んでも面白いし、古びた感じが全くしなかった。是非出したいと思った。これも振り返ってみれば人との縁だと思いますね。

中条　これは極めて現代的で、ミステリー仕立てですね。後の梅原猛の『隠された十字架――法隆寺論』や山岸凉子の『日出処の天子』など、聖徳太子の死を推

＊　一九〇四―九八三年

＊＊　一九二五―二〇〇九年　演出家

理するものの先駆けにもなっている。一九五〇年代の半ばに書かれて、岸田演劇賞を受賞した作品でもあります。

続きまして平尾さんの山崎方代*の歌集『こんなもんじゃ』。これはもう本当に型破りの装丁であり、活字の組み方であり、作った方の愛情がにじみ出ているような気がします。


平尾 これは正真正銘、企画から編集まですべてやった本です。山崎方代という歌人が好きで、田澤拓也著『無用の達人 山崎方代』という作品があるのですが、決まった職業も持たず、生涯独身で放浪して、あばら屋に住んで、歌を作っていました。この人には恨み節が一切ない。本文では自分が好きな歌を大きな活字で組んでいるんです(笑)。

鎌倉の瑞泉寺には「手のひらに豆腐をのせていそいそといつもの角を曲がりて帰る」という歌碑があります。生活の中のちょっととぼけた歌、「こんなにも湯呑茶碗はあたたかくしどろもどろに吾はおるなり」とかね。かと思うと、「なるようになってしもうたようである穴がせまくて引き返せない」。これは俺のことか? と思いました。

全部の歌をコピーして、それをちょきちょき切って、冬休みの間ずっと、並べ替

* 一九一四―一九八五年

えたりして作ったのがこれ。方代については、ご存じない方もたくさんいらっしゃると思いますが、もう会社も辞めたので、自分で書こうかなと思っています（笑）。

中条　寄稿されている方がたくさんいらっしゃるのですが、その中に東海林さだおさん**がいて、ぴったりですね。

平尾　カバーの似顔絵も描いていただきました。確か内田樹さん***が、「天下無敵」という言葉は、敵がいない人のことを指すと言っています。来る敵、来る敵を全部やっつける剣豪は「天下無敵」ではないと。東海林さだおさんは、嫌われるとか憎まれることがない「天下無敵」の人だと思うんです。方代もちょっとそういうところがあります。

中条　帯もいいですね。「〇〇がなくても、寂しくない。〇〇も〇〇も、欲しくない。〇がなくても、嘆かない。」この〇に入る字は、裏に答えがあるんですよね。これは平尾さんのアイデアですか？

平尾　装幀の菊地信義さん****のアイデアなんですよ。

中条　そして三浦さんの三冊目ですが、つい最近できたばかりの橋本照嵩の『石巻——2011.3.27 ~ 2014.5.29』。これはもう実物を見ていただければすべて分かる。震災以後の石巻を撮った写真集ですね。

** 一九三七年— 漫画家

*** 一九五〇年— フランス文学者

**** 一九四三年— 装幀家

三浦　橋本さんは石巻出身で、うちからは写真集『北上川』も出しています。瞽女の写真家として名が通っていて、人物を中心に撮られてきた方です。

東日本大震災が起きて、橋本さんが石巻に帰った。その後、報道写真や記録的な記事はたくさん出たけれども、橋本さんでなければ撮れない写真がきっとあるはずと思っていました。石巻に三六回行き、一回に付き一〇日〜二週間くらい撮影した。その都度、春風社のホームページに写真と橋本さんの文章をアップしてきた。それはごく一部です。三年経ったということで、今年五月まで撮影した分をすべて見て、選んだのがこの写真集です。

最初は「天地かへる。」というタイトルを考えていた。死んだ牛がひっくり返っている写真があるのですが、そういう「返る」もあれば、故郷に「帰る」、新しい命が「孵る」、いろいろな意味があります。ところが今年に入り来社された折、橋本さんから何かいつもとは違う感じを受けた。そのことについて、橋本さんもうまく言えない。とうとう喧嘩になってしまった。後から考えると、橋本さんは自分の故郷でいろいろ浴びてきているんだと気付かされた。その夜、はっと思って、あのタイトルはダメだと。「天地かへる。」とは誰が誰に向けてのタイトルなんだ。朝、橋本さんにすぐ電話して、「天地かへる。」を止めようと言いました。被災した地元の人たちがこのタイトルを見たときにどう思うかということが抜けていました。それを大事に考えなければいけなかった。そして『石巻』というタイトルになりました。

中条　平尾さんが『北上川』をご覧になって、変わるものと変わらないものについてお話しされていましたね。北上川は変わらないものが多いが、石巻はがらっと変わってしまったと。

平尾　劉廷芝*の有名な詩、「年年歳歳花相似たり　歳歳年年人同じからず」。長田弘さんによれば、人から見ればそう言えるけれど、花の方から見たら逆ではないかと。毎年「人相似たり」なんですね。写真集『北上川』を拝見してそのことを強く感じました。一九五〇年代から二〇〇〇年代まで、何よりも、「人相似たり」であって、人々の表情は変わらない。北上川流域で確かな暮らしを営んでいる人たちの、生き生きした表情がしっかり写し撮られています。北上川源流の原点の写真も感動的です。

『石巻』はね、東北の人たちの表情が本当にいい。震災のとき思ったのですが、大阪ではああいう表情はないでしょう。あの耐えている表情。橋本さんは生活にシンクロして撮っている。カメラマンは無茶苦茶体力がいる。技術はもちろんと

＊　六五一—六七九年　中国の詩人

して、とにかく体力勝負。地元の人々のエネルギーやリズムを超えて撮っているのが伝わってきます。

どちらの巻頭にも三浦さんの詩がある。いい詩ですよ。『石巻』の詩と、『北上川』の元気あふれる詩との落差が、二つの写真集を象徴している。手を合わせている祈りの表情の写真が何枚かありますね。祈りはやはり人間が無力なところに生じる。この人たちの祈りの姿勢が、何とも言えず、喚起するものがある。感慨を本当に催す写真集だと思いました。

中条 本には遅読がありますが、写真集はぱっと見た瞬間に何かが分かるという別の経験もあります。でも面白いことに瞬間的でありながら、何度も何度も同じ瞬間を再現できる。それが映画と違うところですね。映画は流れていってしまうから。だから写真は本になる必然性がある。その意味でも写真集の楽しみや深さをも伝えてくれる一冊だと思います。長らくお付き合いくださいまして、ありがとうございました。

図書新聞　三一七九号（二〇一四年一〇月一八日）
三一八一号（二〇一四年一一月八日）

北上川という宇宙

3・11以前の「日常」をめぐって

橋本照嵩×佐々木幹郎×桂川潤×三浦衛

橋本照嵩氏の写真集『新版　北上川』（春風社、二〇一五年）刊行によせて、写真家の橋本氏、詩人の佐々木幹郎氏、装丁を担当した桂川潤氏、春風社の三浦衛が「北上川という宇宙」について語り合ったドキュメントです。3・11以前の風景が収められている本書を手掛かりに、詩を書き下ろした佐々木氏自身による朗読から座談会は始まりました。

北上川——橋本照嵩のためのメモランダム

佐々木幹郎

小雪降る店先で
リヤカーは踊り出しているのである
少年はそのまぼろしの影を見て育った

影のなかから女の嬌声が聴こえてきて
おいで　おいで　をしているのである
雪の広小路通り　横浜屋果物店の店先で
少年が見ていたもの

そのむかし　船はすべて木で造られ
木は細長く曲がり　肉の匂いを放ち

肋骨を持っていた
それが海に浮かぶとき
カツオ　タラ　サンマが　縄のように連なった

むかし　川岸の道は人の肌の色をして　体温があった
道の脇の草花は　風の刷毛ではかれて
川底から朝霧が立ちあがる頃
川の女神たちはいっせいに産卵し
胸鰭を立てて　横向きに流れていった

むかし　田植えが終ると
山も家も川も　居住まいを正して奥深くなった
とろりと川は曲がり　藁葺き屋根の横で
少年は寝ころんで知ったのである
生者も死者も同じところにいる

店先を通りすぎるのは誰?
夢はいつもリヤカーに乗って通りすぎた
茹でられて並ぶ秋のクリ
船に乗る男を見送る女の叫び声は
北上川の水音に似て　あああ　あああ　なのだ

むかしもいまも
川は山の夕陽に照らされると
枯れ草の匂いと水音だけになる
観音堂の境内の奥
一筋の水となり　すべての始まりの糸になる

「北上川――橋本照嵩のためのメモランダム」をめぐって

佐々木　『北上川』は長い年月をかけて撮られた写真集ですね。カメラを持ち始めた少年時代から現在に至るまでの写真が組み合わさっているのですが、少年時代のフレームの切り方と現在のそれが全然変わっていない。荒木経惟*さんは「天才は成長しない」と言いましたが、橋本さんもそうだなと思いました。それが第一印象でしたね。初めてシャッターを押そうとしたときに、これほど対象から引いて撮るということ。あるいは人間が風景の中で生き生きと動いているさまを広角のまま撮ることはめったにない。普通、初心者は静物のアップでしょう。どうもこの少年は世界全体を吸い込むようにシャッターを押している。匂い、光、空気、音も吸い込むという資質は初期から開いていた。

新版の『北上川』には撮影場所と年月が記されているので、同じ川を見る作者の時間の流れが重層している。少年の橋本照嵩さんと老いた橋本照嵩さんがだぶって見えるんですね。写真集を題材にして詩を書くというのは初めての試みでしたが、面白かったのはその重層する時間の流れを、どんなふうに言葉で触ることができるかということでした。

＊　一九四〇年―　写真家

「ここに橋本照嵩がいる」と思ったのは、若いときの橋本さんが店番をしておられた店先で撮ったリヤカーの写真でした。それを詩の冒頭に置きました。店先にリンゴが並んでいて、正面の道ののど真ん中に停まっているリヤカーに、ものすごい物質感がある。と同時に、天井から吊り下がるつり銭を入れる笊《ざる》が、ほとんどフレームの中心にあって、リヤカーの映像と重なってしまっている。普通であればこれはヘタクソだとなるのですが、そういうことは関係なしに撮った少年がここにいた。道のほうを見ながら、少年の眼が見ていたもの……。笊を外すことなくリヤカーを撮っている橋本照嵩にいたく感動しました。この風景の肉感性が、一人の写真家のその後の仕事を決めている。リヤカーも黒く影になり、手前に吊り下がる笊もリヤカーと一体になって影になっている。そこから躍り出してくるもの、橋本照嵩が見つめていたもの、それを触っていけばいいと思った。この写真集には、少年が見た北上川周辺の村や町や道も含めた風景の官能性、遊郭や酒場の女たち、男を誘うしなだれかかる声などが全部詰まっているんですね。

『北上川』
「1959（S34）12／雪の広小路通り　横浜屋店頭から」

昔、船は全部木で造られていたわけですが、それを橋本さんが撮ると、ほとんど肉の塊に見える。橋も木も道も人肌をしている。少年の橋本さんといまの橋本さんが変わらないように、生きている人間も、死んでいる人間もほとんど同列に風景の中にいるというふうに、この作者は見てきたんだなと思いました。写真集の「あとがき」に、店で売られていた茹でた栗のことが書かれていますが、橋本少年にとって、店先を通り過ぎるものは全部が茹でられてすぐ食べられる秋の栗のような存在だったのでしょう。

「あとがき」は、声を出せない女性が漁師を見送るときの「あああああああああああ……。」という長い叫び声で書き終えられています。この「声」に対抗できる詩が書けるかなと恐れましたよ。だからこの声は詩の中に引用したかった。

漁師を見送る言葉にならない女の声は、北上川全体の水の流れと同じなんだ。

三浦　橋本さんは撮影しているときに、乗ってくると「ああああああ」って言うよね。あれは笑えます。

橋本　声を出すのがいいんですよ。歌と同じ。父は農家から婿に来ました。農閑期は習い事、習字、柔、民謡をやる。終戦のころはよく停電になりましたが、そうなるとお袋が「父ちゃん、一つ歌わいん」と言う。そうして長持唄などを歌っているうちに電気が点いたりしてね。

先ほど佐々木さんが言及されたリンゴですが、とにかく小学生のときからリンゴをしっかり磨いて店先に並べてからじゃないと遊べなかった。それをサボって釣りに行ったら、釣り道具を全部折られたこともあったくらいです。

佐々木　写真集は北上川の源流にさかのぼるように編集されています。最後の二枚は、小さな観音堂の奥に一滴の水が滴る北上川の始まりの場所と、そこから一転して大海に船が浮かぶ河口の風景。この組み合わせから、北上川にはすべての宇宙が詰まっていると思った。その宇宙観こそが、最新写真集『石巻』の基盤をなしているものだと痛切に感じました。

橋本　編集が始まってすぐに、河口の写真をラストと決めたのは三浦さんなんですよ。写真集はレコードと同じで共同作業なんですね。一人でできるものではない。一人で作ったら、こういう広がりは生まれなかったと思います。あらゆる人の手が加わった中で生まれたものだと改めて思います。

佐々木さんの詩を何度も何度も拝読しているうちに、自然と語りかけていました。実家の横浜屋という小さな店は、父母で二代目なのですが、兵隊から帰ってきたいとこ夫婦が働いてくれていました。弟までで三代目ですが、今度の震災で更地になり、この先復興するかどうか見通しが立たない。横浜屋はなくなるのかなと寂しく思っていました。「父ちゃん、母ちゃん、善雄ちゃん、姉ちゃん、横浜屋が詩の中に生き残ったよ」と語りかけました。店の商いは、採れたてのとうみぎ（とうもろこし）、枝豆など生きのいいものしか売らないという主義でした。芋、栗をふかして商ってきた母ちゃんたちの汗を残していただきました。本当にありがとうございます。

桂川　デザイナーの眼で詩を見るとき、つい、かなと漢字のバランス、そのリズムを考えてしまいます。朗読の音のリズム、視覚的なリズム、佐々木さんが持っているイマジネーションがこの詩に複合的に積み重なって、ただならぬものを感じました。写真に寄り添いながら、詩もモノクロームの情感を豊かに見せている。海だったり、川だったり、そして季節を追いながら、すべてが一筋の水の糸に収斂していく。決して長い詩ではないのに、長い長い旅をしたような印象を持ちました。

三浦　幹郎さんの詩を読んで思ったことは、からだが劈《ひら》かれているということです。何度も音読していると、北上川が生き物のようになまめかしく、うごめいているという感じがしてくる。非常にからだに来る。この五連目のところは、どうしても秋田弁になってしまう。秋田弁で読むと、また違ったイメージがわいてくる。そんなからだと言葉の行ったり来たりが面白い。

幹郎さんの詩は、からだと言葉の感じが腑に落ちるんです。「あ、分かる、分かる」と。つまりからだが先にあるなと感じる。この写真群に触れて幹郎さんのからだがどう感応し何が生まれてくるのか。それを見たかったんですね。

佐々木　僕に詩で何かを言わそうと思った魂胆はよく分かります（笑）。だって『北上川』という写真集は、橋本照嵩という男の「からだそのもの」でしょう。からだで撮っている、からだに風景を映しこんでいる。

橋本　からだの感覚は不思議。北上川上流の底が見える細い川は足を入れるのが怖かった。あの広い、人も溺れてしまうような深い、石巻のほうの下流は怖くない。その感じは自分でも「あれ?」と思いました。

佐々木　詩の中の「川岸の道は人の肌の色をして　体温があった」という表現はね、実は自身の体験からなんです。四〇代のころ頻繁にヒマラヤ・トレッキングをしていました。二カ月くらいにわたって、急峻な道を一日一〇時間以上も歩き続ける。生き物の痕跡のない細い道をずーっと歩いていると、道に欲情してくるんですよ。道を「肉体」のように感じるときがある。橋本照嵩さんの写真集の道にも、そういう「肉体」を感じた。だから道に「体温があった」というのはストレートな表現なんです。

目線の原点はリヤカーで、カニの横ばい撮影

佐々木　写真集冒頭の二〇〇四年六月に追波河口で撮られた写真で、橋本さんはリヤカーを引っ張っていますね。このリヤカーについてお聞きしたいのですが。

橋本　北上川二四九キロを源泉までさかのぼったのは、このときが三回目で、仙台のテレビ局による三〇周年記念番組のことでした。一回目は『アサヒグラフ』の撮影で一九八一年。社の人と一緒に徒歩で。二回目は一九九五年、リヤカーで行きました。街角で写真展をしながら。稲を干す杭に写真をぶら下げて。写真が風に揺れている光景はなかなかいいものですよ。それを知っていたテレビ局の人が声を掛けてくれて実現したのが二〇〇四年のこと。この間パリに行ったのですが、「セーヌ川でやったらどうだ」と言った人がいました（笑）。

友達から「どうしてお前は北上川源流に行くのか。大概は太平洋を目指すんだぞ」と言われたことがあります。私は石巻河口の中瀬というところで子どものこ

ろからラッコのように泳いで育ちました。もちろん上流では肥溜めを洗いますから、いろいろなものが流れてきます。ばい菌だらけですよ（笑）。子どもながらに、この川はどこから来るのだろうと思っていました。

三人兄弟で兄も弟も色白なのに、私だけが黒かった。それで母親から「お前は店先で売っている枝豆の桶に乗って上流から流れてきた」とよく聞かされたものです。そんなこともあって上流への興味があった。石巻近辺のことはよく知っていましたが、上流のことはよく知らなかったんですね。石巻は朝廷になびいた側で、一方の上流のほうは蝦夷の血が濃くて言葉も違う。アテルイですから、言葉が何とも言えない響きなんです。

源流にさかのぼろうと思ったとき、自分の手相を見たんですよ。それで「北上川は南北軸で、生命線と同じだから行こう」と思った（笑）。南北の川というのは日本では珍しい。東西に陽が当たりますから、東西共に米が実るんです。

佐々木　手相を見て、行ってみようという身体感覚。自分が見た全部の風景を手のひらの上に載せてぐっと握り締める感じですね。

三浦　橋本さんにとってリヤカーは特別なものですよね。

橋本　物を運ぶといったらリヤカーでしたから。父の姉が子どもを置いて出戻りしてきたのですが、その伯母が石巻までリヤカーに野菜を積んで売りに来たのです。そして空になったリヤカーに乗ってよく泊まりにいきました。リヤカーから風景を見るのがうれしかった。私の目線はいわばリヤカー目線で、カニの横ばい撮影なんですよ。リヤカーは後ろのほうを重くして、取っ手が上になるようにすると引きやすい。だから空のリヤカーに乗るときも後方で、その高さが自分の目線の原点かと思いますね。

佐々木　『北上川』は何歳から何歳までの写真ということになるのですか。

橋本　横浜屋の隣の隣の隣がカメラ屋で、そこでリコーのボックスカメラ——当時四〇〇〇円くらいのリコーフレックスの新品——を買ってもらった高校生の一六、七歳のときから、二〇〇四年の六五歳までに撮った写真ですね。

佐々木　でも当時、そのカメラは高価ですよね。

橋本　父は絵が好きだったから。

佐々木　だったら絵の具でしょう。

橋本　まず親父が言ったのは、「鶏を撮ってくれ」ということでした。鶏は親父の道楽だったのですが、品評会に横斑プリマスロックなどの品種を出品していました。鶏を育てる名人と言われていたんですよ。

佐々木　『北上川』に鶏を見ている写真がありますね。あれは鶏のお尻を見ているの？

橋本　あれは尾羽ですね。コテをかけて左右対称に直して出品するんです。大体一等か二等になるので、賞状は私がもらいにいきました。

桂川　その鶏を撮ってもらいたかったんですね（笑）。

三浦　僕から見ると、橋本さんは機械が好きだよね。

橋本　カメラのシャッター音が好きなんですよ。シャッターの音でリズムを刻んでいるような気がしています。

風景の抽象性、湿度を帯びた叙情性

橋本　私が育った石巻の広小路通りは不夜城でした。船乗りが飲み明かし、喧嘩が絶えなかった。サーカス、オートバイ乗りのショー、見世物小屋、正月の御飾り売りが並びました。港町ですから、土佐、和歌山、房総から、あるいは桐生の反物売りや虚無僧が横浜屋に来るわけです。橋通りのメイン商店街には銀座の流行がすぐ伝わるようなそんな環境で育ちましたから、人に対する興味が強いんです。

佐々木　人間そのものに興味があるというのがすごくよく表れているのは、内海橋を歩く人たちを定点観測的に連続して撮っている写真ですね。

橋本　内海橋は中瀬を挟み東と西に架かっていて、人々が行き交う場所でした。よく写真を撮りに行っていました。

三浦　僕も編集しながらこの一連の写真は、変なイメージがわいてきたんですよ。人間がふわっと現れて、ふわっと消えていく……。あぶくみたいな感じがしました。

佐々木　これはその人たちに何も言わずに撮ったわけですか。

橋本　そうです。ピントを道の一点に合わせておき、そこに人が差し掛かったときにカシャッと。馬が私を気にして怖がって、馬方さんに擦り寄っているんですよね。嫌がられたこともありますが、そういうのは平気なんです。橋の上は宝物でした。

　石巻港は江戸のころから栄えました。仙台藩などの江戸廻米で。江戸や大坂出の芸人が喰いっぱぐれたら石巻に行けと言われていたそうです。昭和三〇年代から五〇年代くらいまでは漁業や水産加工業で大変栄えました。小さいころ、岡田座という劇場で、たしかまだ升席だったと思いますが、エノケンと宮城千賀子の

「狸御殿」を観ました。

『北上川』のあとがきに「板子一枚下は地獄の海で漁獲をあげた漁師たちは大挙して陸に上がる」と書きましたが、そんな漁師たちが歓楽街に押し寄せるわけです。そういう中、二七、八歳の唖者の女給さんが、横浜屋の隣の銭湯に来るんですよ。そして自分の男のために、タバコ「ひかり」を一個買っていく。私は思春期の中学生くらいでしたから、はっきりと覚えている。その女給さんの風呂上がりの匂いがたまらなかった。子どもながらにいろいろなものをピーピングしていたわけです（笑）。夜を明かして、未明の船出のころ、唖者の女給さんが男の腰に左手を巻いて河岸へ歩いていく。船にはエンジンがかかっている。焼玉エンジンですから、バババババババババという音とともに旋回して船出していく。そこに「ああああああ」と聞こえてくる。そういう風景が、店先のピーピングボーイが見てきたものとしてからだに染み付いている。脳フィルムに焼き付いているんですね。

佐々木　橋本照嵩という写真家が面白いのは、ものすごく泥臭い写真もあれば、めちゃめちゃ洒落た、パリの街角の一瞬を切り取ったような写真もある。例えば木村伊兵衛*さんが東京の街角を人物とともに撮った写真がありますが、その距離

＊　一九〇一―一九七四年　写真家

の取り方と橋本照嵩のそれは、やはり全然違うんですよ。桑原甲子雄*さんもそうなのですが、そこには距離がある。つまりそうすることでその時代や風俗を写すという意図が見えて、だからこそ歴史的価値も出てくるわけですが、橋本照嵩は距離があって距離がない。肌を擦り寄せていっているという感じ。べったり擦り寄ったらピントが合わないからもちろん離れているわけですが、ともかく空気の匂いに肌を擦り寄せていると言ったらいいでしょうか。

例えば路上で母子がままごとしている場面を捉えた写真は、横浜屋の上から撮影した非常にモダニスティックなフレームの切り方で、まるで植田正治**さんのような風景の抽象性があります。この乾いた空気に身を擦り寄せていると思いきや、次のページの路上に降りて撮った同じ場所の写真は母親が笑った瞬間にシャッターを押して、慌てているからレンズに指がかかってしまっている。ここには湿度を帯びた叙情性がある。この両方が出るところに橋本照嵩の面白さがある。北上川の歴史を映すと同時に、町と川の周辺をローリングストーンのようにころころと転げまわる一人の人間の記録と二重合わせなんですよ。

* 一九一三―二〇〇七年　写真家

** 一九一三―二〇〇〇年　写真家

二〇一一年以前の『北上川』と以後の『石巻』

三浦　旧版『北上川』は二〇〇五年に刊行し、三刷までいきました。東日本大震災があって、北上川近辺の原風景への関心が高まったこともあったのか引き合いが多くて品切れしました。春風社にとってとても大事な一冊なので新版として増刷することに決めた。僕の「橋本照嵩を推す」、橋本さんの「あとがき」はそのままに、旧版発表時に立松和平さん***が「朝日新聞」に書いてくださった書評を加え、その三つの文章の英訳も添えました。日本だけでなく世界に向けて、被災地の原風景を伝えたかったのです。

また、郷土史家・邉見清二さん****の協力を得てキャプションを追加しました。その理由は、東日本大震災が起きて、北上川の原風景が失われてしまったから。だからあの震災がなければ普通に増刷ということになっていたかもしれません。『石巻』は桂川さんに装丁をお願いしたので、『北上川』もお願いできないものかと相談しました。旧版はカバーなしでしたが、新版はカバーを付けました。旧版の馬の表紙写真はカバーになって、船が二艘写っている川の写真を表紙にしました。

二冊を装丁して桂川さんいかがでしたか。

桂川　『石巻』を担当する段階で、既に『新版　北上川』のお話は頂戴していま

＊＊＊　一九四七―二〇一〇年　小説家

＊＊＊＊　一九四七年―

した。ですから、あらかじめ二冊が対になるようなイメージで『石巻』の装丁を手がけました。旧版の『北上川』はデザイナーに頼んだものではないということですが、しかし表紙がとても素晴らしいので、新版はどうにもやりようがない（笑）。

佐々木　「北上川」という文字の上を少し切って天付きでタイトルを置いている。

桂川　誰がやってもこれ以上のものはできないと思っていたのですが、橋本さんから収録している写真の調子、コントラストがバラバラなので、もう少し揃えたいというお話がありました。例えば非常に大事な竈の神様がシャドーの部分に入っていて、それをしっかり出すなどの作業ですね。

「出版とか本作りって、砂時計みたいなものだ」という言葉、三浦さんの名言として憶えています。いろいろな思いや経験が、グッと一点に凝縮され、絞られ、せき止められ、それがまた大きく広がっていくさまを表して、とても象徴的だと思いました。僕は『本は物である』という本を書いたことがあるのですが、いろいろな人の思いが物に凝縮し、本として結晶するということは考えましたけれど、しかし、本が物から離れて、砂時計のように広がっていくということまではイメージしていなかった。旧版『北上川』があって、『石巻』が生まれた。この『石巻』を経た上で、『北上川』を見ると、全く別なものが見えてくるんです。

デズモンド・モリス*が、アートは日常のものから非日常を創り出すことだと書いているのですが、詩でも写真でも、言葉は日常的に使っているし、写真も機械があれば誰でも撮れる。でも、アーティストは、そういう日常から非日常を切り出す人だと思うんですよ。『北上川』は、僕らが当たり前と思っている日常から非日常を切り出している写真集だと思うし、逆に『石巻』はとんでもない大災害の中に、かつてあった日常を切り取っていくんですね。この二冊の往復が始まるということの発見が面白かった。まさに砂時計のような感じがしています。

三浦　個人的な話ですが、旧版『北上川』は自身の病気――骨折、それに続いたパニック障害、うつ病――が治ってくる過程で作ったものです。見返しの写真（河口の写真）を選ぶときに、そのことがすごく影響した。子どものころ、テレビのドキュメンタリー番組で漁師生活を見、怖い思いをしたことがあります。海へ漁に出、陸の家に帰り、網を繕ってという繰り返しが怖かった。この写真を見たときに、その思いがバーッと甦った。それは、普通だったら甦らなかったのかもしれませんが、ちょうど病気が平癒する途上だったので、感覚が鋭くなっていたのでしょう。僕の実家は百姓だったから、元日から大晦日まで生活は毎日変化す

＊ Desmond Morris　一九二八―　イギリスの動物学者

る。だから余計に繰り返しが怖かった。

作りながらも作ってからも、何度もこの写真集を見ることで、元気になっていった。その意味でも、別の編集者だったら、全く別のものになっていたと思うんですよね。最初の数枚の写真に人があまり写っていないのも当時の状態を反映している。しかし本になって、極めて私的な思い出のある写真集なんだけど、人の手に渡っていったときに僕が話さなければそんなこと誰にも分からないわけで、その「私」と「他者」の行き交いも面白いと思った。

やや牽強付会な言い方ですが、僕からすると、幹郎さんも橋本さんもからだが生き生きしているんですよね。僕が橋本照嵩さんの写真集を出すのは、橋本さんのからだに引かれているからです。僕の師匠竹内敏晴さんの言い方で「私が私であるとき、私はない」があります。「私の」からだが主体として何かに向かい、火だるまとなっているとき、「私の」からだという感覚も、「私」という意識もなくなる。からだは空だになる。橋本さんは、ラッシュを見ながら、「この写真、誰が撮ったの?」とよく言います。撮影の瞬間、からだが動いて空になってしまっていると思うんですよ。『北上川』の冒頭「橋本照嵩を推す」で書いた「地鶏」がココココ……と大地を踏み、からだが生きているなあと。見えないこの世のルールにからだが縛られていない。いいなあと。それが僕を元気にした要因だと思います。

佐々木　だから「ああああああ」と声を出すのは、からだがからだでなくなっている瞬間なんだ。きっと橋本さんと一緒に旅したら、うるさいだろうね（笑）。

『北上川』はカラーをモノクロにしている写真もあるようですが、カラーはあまり見たくないですね。モノクロのよさをしみじみと感じる。カラーにしてしまうと、少年といまの橋本照嵩とのつながりが絶たれてしまう気がします。『北上川』に写っているのは、二〇一一年以前の北上川文化圏。『石巻』にはそれ以降が写っている。もう一度『北上川』に戻りたい、戻したいと痛切に思います。懐かしいばかりの日常が『北上川』にはある。この日なたで寝転びたいし、結婚式場で変なおっさんが踊っている……、この日常に戻りたいと思わせるね。

図書新聞　三一九八号（二〇一五年三月一四日）

文は人

池内紀×横須賀薫×三浦衛

『おうすいポケット　新井奥邃語録抄』（三浦衛、コール ダニエル 編）の刊行を記念し、二〇一五年八月八日に春風社にて、ドイツ文学者の池内紀氏、十文字学園女子大学学長（当時）の横須賀薫氏、春風社代表の三浦衛が鼎談を行いました。

奥邃との出会い

三浦　『おうすいポケット』（春風社、二〇一五年）には白表紙本と黒表紙本があります。『新井奥邃著作集』の中から選んで入れた一三四の語録本文は共通で、それぞれに奥邃の遺墨から代表的なものを収録、白表紙本には池内先生から、黒表紙本には横須賀先生から巻頭言をいただきました。今日はお二人に、印象に残った語録を三つほど選んでいただき、思うところをお聞かせいただきます。

池内　『新井奥邃著作集』を三浦さんからいただいて奥邃を知りましたが、ある程度読んで、これは自分には全く合わないと思いました。信仰とミスティックなものは言葉では表現できないと僕は思っているのですが、奥邃にとっては両者が大きな要素なのです。

ただ、奥邃は語り口が非常におもしろく不思議で、これは何から来ているのだろうとも思いました。だから、巻頭言「『語録』の誕生」では、奥邃がこういう語り口を採った理由、語り口のおもしろさ、特殊な要素について書きました。

奥邃はアメリカで三〇年近く過ごしています。明治時代に外国に行った鷗外*や荷風**は五年ぐらいで帰ってきたのに対して、奥邃は桁外れに長い。明治初めにア

＊　森鷗外　一八六二―一九二二年　小説家

＊＊　永井荷風　一八七九―一九五九年　小説家

メリカに行き、帰ってきたのが五〇いくつのとき。日本語を明治初期に習得し、それから全く異言語の世界に行ったことで、彼の日本語はあの段階で純粋培養されて留まり、その後の日本人とは全く異質の、非常に特殊なものになりました。

彼が向こうに行っている間に日本語は大きく変化しました。混乱、淘汰、整理を経て、現代の日本語に近づいてきます。たとえば鷗外はまず文語体で始め、漢文脈の強い雅文体を経て、それから自分なりに工夫した口語体にたどりつきました。明治以後大多数の人がそれまでの日本語の漢文脈を崩し、和文脈と組み合わせ、欧文脈を入れて、そこで初めて日本語は近代化したのですが、奥邃はそれを一切経験していない。だから、奥邃の文章が非常に難しいのは、異質の日本語だからじゃないか。奥邃独自の日本語、あるいは近代化を経ていない日本語だというのが、私の関心です。

三浦　白表紙本の帯にも引いた「私がこの一巻を愛するのは、日本語のもっとも厳しい修辞法でつづられているからだ」という言葉を敷衍してお話いただきました。横須賀先生からもお願いします。

横須賀　私は宮城教育大学の学長であった林竹二さんから新井奥邃について折々聞かされていましたが、自分から関心を持ったわけではありません。『新井奥邃著作集』も、買ったけれど難しくて全然読まなかった（笑）。でもこの『ポケット』をゲラで読んで、奥邃は要するにキリストや神を梯子にして考えに考えた人だということが、私なりにわかりました。人間、考えているようで、そうそう考えられない。深く考えることはなかなかできません。それをおこなった奥邃に興味を持ちました。

十文字学園女子大学の実質上の創立者、十文字大元*と奥邃とのかかわりや、幕末の伊達藩との関係も興味深いです。奥邃は、薩長に対抗する東北連合の書記長役をしていました。たくさんの人間が死に、彼自身命を失ってもおかしくなかった。深い絶望も味わったと思います。

難しくてとても読めないと思っていた奥邃が、これなら読める、少しおもしろいところがある、となり、私の読み方が奥邃へのとっかかりとして役立つならと思い、巻頭言を書きました。

* 一八六八—一九二四年　実業家

奥邃の言葉

池内　奥邃の言葉は、本来は耳で読むものだと思います。声に出して、ゆっくり、あるリズムをもって読むと非常にわかりやすい。この時代の知識人は小さいころは四書五経を丸暗記していました。口に出し、音で覚え込んでしまう。民衆はお経です。親鸞*の『正信偈《しょうしんげ》』や蓮如**の『白骨の御文章』を耳で聞いて知っていました。僕も部分的に覚えています。

奥邃にも「夫《そ》れ」で始まる言葉がたくさんあります。これはうたい出しです。奥邃は書きながらも常に音声を考えていたと思います。散文の形をとっていても精神的には韻文です。

印象に残った語録のうち私が選んだ一番目は、20番「今に至る迄幾千歳其一方面に於ては、尤女人困難の時なりし」。これまで男の時代だから女性は大変だったがこれからは女人の時代が来る。しかし「此は女子一方に偏して男子は女子に蹂躙せられんと云ふに非ず、女人の時代とは天母の御宇也」。「天母」という言葉は造語なのか、おもしろい表現です。「蹂躙」という言葉の音が非常に強い表現力を持ち、だからこそ次の「天母」が生きてきます。

二番目は30番の、「吾人には師病多し」。要するに師になりたがる病、教えたがる病。「己未だ能く学ばざるに、先づ人を教へんと欲す」。これ「吾人」を「老人」に変えるとぴったりです、「老人には師病多し」(笑)。いくらでも語録が生

* 一一七三―一二六二年　僧侶

** 一四一五―一四九九年　僧侶

きてくる。またその中の、「其我意の奴となりて」。エゴイズムの奴《やっこ》。この「奴となりて」も、日本語を常に耳からたどってきた人の表現力だと思います。

三番目が49番「凡そ人の危険は其譏らるる時よりも、其誉らるる時に在り」。人間は誉められるときが一番危ない、批判されるのはいいが、誉められたらおしまいだ。「譏らるる時に反して、誉らるる時は、人の通情として自ら許し易し」。「譏らるる」「誉らるる」と二つを対比させる。そして「是れ誉は誘惑の本なり。此間尤警醒を要す」。「誉」という時代の言葉を「誘惑の本」と転換する。鮮やかな表現です。

昔の日本人の、耳で覚え、全身で習得するという知恵や知識の身につけ方が奥邃にはありました。しかも前近代がそのまま残った表現法で、今見ると逆に言葉の使い方がおもしろい。ただし我々のロジックとはかなりずれがあります。奥邃からいえば自然でも、我々には飛躍と思えたり、なぜ次の行がこうなるのかわからない。キリスト教というより一種の奥邃教、あるいは自然教、自然な教えの説き方でしょう。

難しいと拒否する前に、意味など考えずに声を出して読んでみると、テンポとリズム、快感があり、生理的にも感情的にも非常にスキッとする。言っていることよりも言い方、全身で唱えることの気持ちよさが中身なのではないでしょうか。

三浦　池内さんからそう伺えてうれしいです。奥邃を初めて読んだとき、意味は調べず、まずは音読してみました。難しい熟語はわからないし読み方も間違えていたかもしれませんが、自分なりにリズムをつけて読むと、気持ちよくなるんです。

横須賀先生はいかがでしょうか。

横須賀　39番。「クライストは必しも其名称に由りて知られず。之を知るは其実を得るに在り」。キリストやキリスト教を知ってそれに近づくのではなく、「其実とは何ぞや、曰く善なり、美なり。人若し至善至美を欲して、勉強して之を求むる時は、外面に於て未だクライストと親しまずと雖も」。自分から善や美を追求する気になって、「勉強して」、みずから求める気があるときに、「その心将にクライストの心を得んとするなり」、キリストの真実に近づいたことになる。私はキリスト教に心惹かれながらついに教会には近寄らず、そのことに私自身が劣等感を持っていましたが、これを読んで感心しました。

あわせて23番。「夫れ聖書は何ぞや。所謂聖書は何の為にして存するや。是れ手帳也」、「仕事師の必携簿となる」。林竹二『田中正造の生涯』にある「奥邃は

『キリストは労働者で聖書は仕事師の手帳だ』と語る人であった」はこれのことですね。キリストを神聖視するのではなく、生活や実務の中で自分自身のものにしていく。

違う観点では、102番「吾人若し戦つて己に勝たんと欲せば、先づ当に其心を開くべし。全く開くべし。敢て軽卒に我が心既に開けりと思ふ勿れ。開けたる所ありと雖も、其隠蔽する所の猶万々なるに非ずや。蓋し古より今に至るまで人間隠蔽なき者未だ有らざればなり。人は固より自力を以て玲瓏たる能はざるも、然れども、誠に明徳を明にするに勉めずして、生来汚濁の情を脱する能はじ。故に豁然其心を開くべし」。「心を開く」という言葉をこの時代に使い、かつ、それは簡単にできるものじゃないという。私は教育学をやり、自分自身の生き方の中でも「心を開く」ことを一生懸命に考え、やろうとしてきましたが、やはりできない。生涯の課題です。

同じことは105番、「人を指して、彼に愛なしと謂ふ勿れ。彼に能なしと謂ふ勿れ。今仮令能くせざるも、他日之を能くせむか。今日愛せざるも、他日能く人を愛せむ。愛の種子は平等に神より播かるればなり。其愛発して、其能も亦及ぶ。又或は器小とて其人を譏る勿れ。箇々人同じからず。小大協うて真和成る。特り閉ぢて其愛の発揮せざるを憂ふるのみ」。私は教育実践の中で人間の可能性を引き出すことを生涯のテーマにしています。人間すべてに可能性があると奥邃は言っている。十文字大元が奥邃に近づいたのも納得です。

三浦　僕が選んだのは、一つは127番。「基督教は人情の教へなり。大目十二。曰く慈。万物を慈愛す。曰く奮。和平に奮力す。曰く謙。弟位に謙居す。曰く審。正邪を審明にす。曰く立。主の信に立つ。曰く喜。喜びて少徳を楽しむ。日用常行曰く楽。楽しみて大徳を喜ぶ。盛徳大業曰く哀。哀泣して新を求む。曰く赦。赦して以て救を致す。曰く救。救うて以て赦を成す。曰く顧。顧み省みて以て信と疑とを別つ。曰く仕。天の㚘神《チチハハミカミ》に仕へ奉るなり。此れ人情の大範なり。命を奉ずる者は順に動く。能く進みて其の終に達する者、是れ人の情の至れるなり」。十二の徳目についての文ですが、読んでいてつい気持ちよくなる。音がたたみかけてくるようです。

それから104番。「隠路あり、照々の天に宏遠の道より開く。クライストの微妙の戸なり。一息開けて億兆相抱くべし。一息閉ぢて衆星隕越を致さん。生命の機は一息に在り――意なり」。哲学者の森信三さんが、この語録に非常に感銘を受け、奥邃を生涯の幻の師として敬仰したと聞いています。

本を読むことについては92番、「読書の法は其精神を読むに在り、若し其形に拘らば今は昨に非ず、夕亦朝ならず、新書と雖も用ゐるなし、精神を善読すれば則ち益す、善読とは何をか意味す、其私を殺すに在り」。黒表紙本の遺墨「有神無我」が、奥邃を読むときの一つのキーワードだと思います。奥邃は「私を殺すに在り」を徹底させ、自分が喧伝されることを望まず、写真も残さず墓もつくらせませんでした。『新井奥邃著作集』の出版も怒られるかもしれない（笑）。しかし、奥邃本人の心に反してでも出版社の人間としてはぜひ出したかった。

今日はお二人にいろいろな角度からお話を伺いました。奥邃はまだまだ知られていませんが、『新井奥邃著作集』に続いてこの『おうすいポケット』を刊行し、五〇年後に日本史の教科書に田中正造と一緒に名前が出るという夢を僕は持っています。本当にありがとうございました。

春風新聞　一七号（二〇一五年秋冬）

「本は物である」考

桂川潤×三浦衛

二〇一六年八月二五日、春風社にて、装丁家の桂川潤氏をお迎えし、本づくりと装丁についてお話を伺いました。

前半は桂川氏の講演、後半は春風社代表の三浦との対談です。

「本」とは何か

桂川　『大辞林』で「本」を引いてみると、「書物、書籍」とあります。では「書物」を見てみると、「本、書籍、図書」と書いてあります。「書籍」へいくと、「本、書物、図書」。だまされたみたいに「図書」を見ると、「書籍、書物、本」……。衝撃の事実ですよね。たらい回しで定義をスルーするというのは、辞書ではやってはいけない禁じ手なんですが（笑）。

出版社や装丁家は、普段何の疑いもなく本を作り本について語っていますが、「本って何だろう？」とあらためて問われると答えられない。紙の上に文字が刷られただけでは意味がなく、読まれてはじめて本の意味がある。でも、そのとき私たちはその紙を読んでいるのか、文字を読んでいるのか……。太古の本は粘土に刻まれていて、それが巻物になって、現在のような形の本になった。電子書籍になるともう形自体がありません。つまり形態や素材から「本」を定義することはできないのですが、それでは何だか釈然としない。それは私たちが、「本」というものの「かたち」を、五感を通して体験しているからだと思います。

「本をつくる」ことには二つの面があります。まず第一は、本の内容を書いてまとめる、つまり「テクストをつくる」作業。でも、もう一つ、忘れてはならないのが、テクストは印刷されて本の形にならないと人には届かないということ。紙に印刷され、その紙が三次元の立体という「物」になってはじめて、私たちはテクストを本として読むことができます。言いかえれば、テクストを物質化する作業、それが装丁《そうてい》・造本という作業です。

よく、「装丁という仕事は一体何なの?」と訊かれます。英語では「ブックデザイン」だと説明する。「でも、『本をデザインする』って一体何をデザインするんですか?」と必ず訊かれます。本の装丁は当たり前にあるものだと思っているのでしょうね。

装丁の二つの役割

ここに夏目漱石*の『こゝろ』の初版本のレプリカがあります。本の大きさは戦前のスタンダードである菊判で、漱石自身が装幀を手がけました。それに対して、ブックデザイナーの祖父江慎《そぶえしん》**さんが、袖珍本《しゅうちんぼん》(=ポケットサイズの本)で祖父江版『心』をリメイクしました。同じテクストでも、菊判の『こゝろ』を読む時と、

* 一八六七—一九一六年 小説家

** 一九五九年—

袖珍本の『心』を読む時では、読書の時空が明らかに異なってきます。

本の中身だけを知りたいなら、テクストを印刷した折丁だけあれば十分ですが、剝き出しの本文は折れたり汚れたりしてしまう。だからそれを綴じてバインダーに挟む。造本装丁の第一の役割は、本体を保護することにあるのですが、といって、外装のボール紙に「こゝろ　夏目漱石著」と書いてあるだけでは味気ない。人間には、ちょっと他と違えたい気持ちが起こるもので、そこにブックデザインが生まれるのです。

装丁は家のようなものです。家は住む人を守ってくれるだけでなく、住む人を表し、さらには住む人の内面まで規定してしまうものです。一度も会ったことのない人を初めて訪ねても、家の前に立ち、その家を見て行くうちに、住んでいる人の人柄や住まい方まで感じられるでしょう。

装丁の仕事をしていて、心底怖いのは、どんなにすばらしいテクストでも、読者はいきなりそのテクストに接することができないという事実です。最初に目にするのは、良くも悪くもテクストを保護し包み込む装丁です。だから、この本の内容はおもしろいよと装丁が誘ってくれないと、どんなにいいテクストでも読まれないこともある。

現在、国内の年間の新刊点数は八万点を超え、平均すると一日二二〇冊もの本が出版されています。読者の手にとってもらうには、いろいろな工夫が必要です。だから装丁は、中身を保護しつつ、人を惹きつけて手に取らせるという、両方の役割を果たしているんです。

電子書籍には装丁がありません。電子書籍が登場してから、本というものを考え直そうとする本がいろいろと出ました。例えば、ウンベルト・エーコ*とジャン＝クロード・カリエール**という稀代の本好き二人が著した『もうすぐ絶滅するという紙の書物について』（CCCメディアハウス、二〇一〇）。他には岩波新書の『本は、これから』（二〇一〇）。本の書き手、編集者、装丁家、書籍販売者、図書館員など三七人の本好きが、本がこれからどうなっていくのかを論じた本で、私もその中の一篇を書いています。ちなみに二〇〇六年に装丁を一新した岩波新書のリニューアルは私が担当しました。私の仕事では一番多くの方が目にするデザインでしょう。

* Umberto Eco　一九三二―二〇一六年　イタリアの小説家、哲学者

** Jean-Claude Carrière　一九三一―二〇二一年　フランスの脚本家

本の歴史と聖書

東洋の本の起源は、貝多羅《ばいたら》というヤシ科の植物に、鋭利なものでお経を刻み、墨を擦り込んだものです。中国ではいわゆる竹簡・木簡。最初は短冊状の一片に文を書いたのですが、それでは足りなくなって木簡を糸で編んで簀《す》の子《こ》にしました。韓国では本のことを「チェク」（冊）といいますが、漢字の「冊」は糸で木簡を編んだ形です。編集の「編」も、甲骨文では糸偏と冊を並べた字形で、糸で木簡を編むことを示しています。面白いことにインターネットを象徴するwebも「編む」、「テクスト」の語源もtexture、すなわち「編む」。ですから本の歴史はすべて「編む」に通じているわけです。

紙の発明は西暦二世紀前後の中国と言われています。紙は巻物となりますが、その構造は簀の子状の竹簡・木簡と同一です。巻物はコンパクトなのはいいのですが、読みたいところをすぐ読むことができない。これを工夫したのが折本です。巻物を蛇腹に折っていくと、好きなところで開ける。しかし折り目から破れていくという欠点がある。そこで生まれたのが糸綴じ本でした。一枚の紙を半分に折り、穴を開けて糸で綴じる。いわゆる和装本の形式です。

エジプトではパピルスという草を削ぎ、貼り合わせて紙をつくっていました。これがpaperの語源です。パピルスはもろいので巻物として使われるのが一般的でした。パピルスが入手できない小アジアでは、子羊の腹の皮をなめしてつくる羊皮紙が発達しました。木や木の皮は本を指す言葉のもとになっていることが多いのです。英語のbookはbocという古い英語に遡ります。bocはブナの木です。ローマ時代には、ブナや杉の板を削って着色した蝋を流し込んで文字を書き付ける「蝋板《ろうばん》」がコミュニケーションの手段として一般的でしたが、この蝋板をポートフォリオ（紙挟み）に転用したと思われる例が残っていて、その表側に装飾が入っています。これが本と装丁の元祖でしょうね。

四世紀に近づくと本はおそるべき進化を遂げます。イエスが死んでからしばらくは、その生涯や教えは口伝によって伝えられましたが、三世紀を過ぎると、そんな口伝の伝承が次第に難しくなり、またイエスや使徒の名による多種多様な文書が流布するようになって、どれが本当のイエスや使徒の教えか、一冊の正典にまとめる必要が出てきました。現在でも聖書は二千五百ページ近い分量があり、高度な造本技術が要求されますが、四世紀頃、究極に薄い羊皮紙を使って聖書全巻を一冊の書物に収めようという、驚くべき企てが起こったのです。

注目すべきことは、聖書が一冊の本にまとめられたことによって、初めて初期キリスト教と初期教会が確立されたということです。さらに大事なのは、「編集」という概念の登場です。聖書の各文書は一つ一つがばらばらの書物（巻物）でしたが、これらを一まとめにして一冊の本にするためにはテクストの順番を考えなきゃいけない。否が応でも編集という視点が生まれます。同時にその内容を吟味する神学的理論と書誌学的研究、そして本文批評のための校訂作業が必須となります。キリスト教が確立されたのは、造本装丁が確立されたからだと言っても、けっして過言ではありません。だから、聖書のことを「The Book＝本の中の本」と呼ぶのです。

時代がたつにつれ、装丁は高度に装飾的なものになります。写本の本文組にも編集的なテクニックが駆使され、一六世紀になると、今でも最高の装丁の一つとされるジャン・グロリエ*の装丁本などが出てきます。

グーテンベルク**が活字を生み出す前は、出版はすべて手書きの写本によっていましたが、活字の登場以降は、写本では対応し得ない巨大なマーケットを想定して本をつくることができるようになりました。

* Jean Grolier 一四九五—一五六五年 フランスの愛書家

** Johannes Gensfleisch Gutenberg 一三九八—一四六八年 ドイツ出身の技術者

漱石が切り開いた装丁

活版印刷術は、中国で活動していた米国人宣教師を通して、明治二年に日本へ伝えられましたが、その当時の日本には、活字はもちろん洋紙も印刷機もない。活版印刷のインフラをゼロから築き上げていったわけです。しかし、その発展は直線的に進んだわけではなく、有名な『新体詩抄』は、それまでの漢詩に変わる新しい文語定型詩＝「新体」による詩の革新を目指した書物でしたが、デザインは旧態依然、いわゆる和装本でした。一度は活字で組まれたのですが、うまくいかず、途中から昔ながらの整版に戻ってしまった。明治一五年頃のことです。

そんな中、独創的なブックデザインを切り開いたのが、漱石の『吾輩は猫である』です。漱石は意中の画家や装丁家を集め、アートディレクターとして理想の造本装丁を実現しました。本文は「アンカット本」。ペーパーナイフで断裁されていない折丁を切りながら読み進むものです。上中下、どの巻も洋風のジャケットを開いてみると、漱石の中国趣味を反映した表紙に、ガラリと雰囲気が変わります。

大正三年の『こゝろ』は、漱石みずからが装幀を施した本です。背にひらがなで『こゝろ』とありますが、表紙のヒラには漢字の『心』、函には「みぎのて」を示す「又」の字に縦棒一本を加えた不思議な文字。「こころ」なのでしょうが、辞書にはない字で、漱石の独創でしょうか。扉には心臓の象形である「心」の甲骨文を載せている。これほどいくつもの異なった表記の書名が使われるなんて今日では考えられないことですが、おそらく漱石は心という言葉を一つの字に限定したくなかった。つまり変転する『こゝろ』という書名そのものが、漱石の作品への思いを反映しているように思われます。

ところで『吾輩は猫である』の本文では、句読点が付け足し程度に添えられていますが、九年後の『こゝろ』では、句読点が全角扱いでしっかり付されています。句読点は江戸時代までは存在せず、ヨーロッパのコンマ・ピリオドに倣って明治期に導入されたものです。大正までは句読点の用法や組み方は一定ではありませんでした。

書体と印刷の技術

装丁をつくる上で圧倒的に重要なのは書体です。私が手がけ、装丁で受賞した本が吉村昭＊さんの『歴史小説集成』（岩波書店、二〇〇九年）です。どんな書体が一番ふさわしいかと考えた末、正調明朝体を選びました。日本では宋朝体、中国では倣宋体《ほうそうたい》と呼ばれる書体に近い、右肩上がりの明朝体の原型です。エレメント（文字の構成要素）の水平垂直がカッチリとした明朝体を使うと、何だか雰囲気がでないのです。

この『歴史小説集成』がどうつくられたかをお話ししましょう。まずは何より大事な本文印刷。印刷の仕方はいくつかあります。凸版とは要は判子で、版の凸部分にインキをつけて押す。グラビア（凹版）印刷は逆に、版が凹んだところにインキを詰め、紙に圧着して印刷する。凸版も凹版も、たっぷりインキを盛れるのが長所ですが、版を深く彫らなければならず、大型の印刷物になると製版費用がかかり修正も大変です。今日最もよく使われるのがオフセット印刷です。水で弾くところと弾かないところをつくって、インキが水を弾かないところだけに付き、それを転写する印刷法です。原理的にインキが盛れないのでかつては「弱い印刷」と言われていましたが、今はかなり改良されてきました。オフセット印刷の版は薄いアルミ板で、失敗してもすぐ取り替えがきくし、非常に大きなポスターなども安価に作れるので、今では印刷の主流になっています。

＊ 一九二七—二〇〇六年　小説家

倣宋体

カラー印刷は、藍・紅・黄・墨の四原色を掛け合わせて色再現をする四色印刷が主流ですが。二色印刷では必要なインキを直接混ぜてカスタムカラーを作る「特色印刷」と呼ばれる方法もあります。インキを混ぜて調肉する作業は職人さんが目視でやるところもありますが、今はほとんど全部コンピュータ制御です。

『歴史小説集成』の表紙はクロス〔布〕にヒラは型押し、背は箔押しです。箔押しは金版《かなはん》をつくる専門の方がいます。この本は特にクロスが厚いので、深い金版をお願いしました。クロスを芯ボールに張って、手作業で一つ一つ箔押ししています。外函も昨今では機械函がほとんどながら、『歴史小説集成』は貼り函です。職人さんが目見当で瞬間に貼り込んでいく様は、信じられないような職人技です。

こうして作られた各パーツが、製本所で一冊の本へとまとめ上げられます。表裏両面印刷された本文を機械で折っていきます。最初一枚の紙だったのが、折られ、束ねられ、糸でかがられて二次元のテクストが三次元の本へと変貌していくのです。折丁の束に丸みをつける「丸み出し」も、かつては熟練の手作業でしたが、今では機械が瞬時にやってしまいます。本体と表紙が貼り合わされ、圧着されて一冊の本ができ上がります。

本を演出する装丁

三浦　ありがとうございました。改めて、本というのはすごい発明だなと思いました。ますます誇りを持ってやらなければならないと再認識しました。

桂川さんの『本は物《モノ》である――装丁という仕事』（新曜社、二〇一〇年）を再読しました。ご自分の半生を「付け焼き刃的人生」とおっしゃっている。最初から装丁家になるべくしてなったわけではないと。人生の過程で縁があったものに没頭し、のめり込み、勉強し、いろいろなものを深く味わっていることがよくわかり、「馬には乗ってみよ、人には添うてみよ」という諺を思い出しました。フットワークが軽く、興味・関心を持ったときにパッとそこへ赴き、そこで心と体をひらくという吸収力の強さを感じました。

この本の中に、装丁家が生業として装丁するほかに編集者が装丁する本もあるという話が出てきます。そこで、まことに恥ずかしいのですが、僕がかつて装丁したものをご披露させていただきます。

まずは『新井奥邃著作集』（二〇〇二―二〇〇六年）。茶色で網がかかったカバーですが、これは東急ハンズでスクリーントーンを買ってきて、このように仕上げてくれと印刷所に頼みました。『明治のスウェーデンボルグ——奥邃・有礼・正造をつなぐもの』（二〇〇一年）は、原稿を読んだとき、土や木、風、緑という自然の息吹を感じたので、そういう風合いを出したいと思い、東急ハンズで今度は板を買ってきて、それをコピーして使いました。好評だったので、次は何をコピーしようかと企み（笑）。次が『アジアの瘤ネパールの瘤——ヨード欠乏症への医学的・社会学的挑戦』（二〇〇三年）です。装丁は僕のアイデアをもとに画家の武田尋善《ひろよし》さんにお願いしました。チベットやネパールではまだ風土病としてヨード欠乏症があり、欠乏症になると瘤ができる。食品として昆布などの海藻が効くというので、カバーは昆布のコピーを加工してつくったものです。素人の浅知恵による装丁ですが、テクストを精読し、そのおもしろさをどんなふうに演出しようかという愛情にかけてはプロの装丁家と一緒だと思います。

桂川さんのようなプロの方にお願いするときには、基本的に「ジャケット」「表紙」「本扉」「帯」の四点セットです。ほかに、それぞれの紙、文字を印刷しない「見返し」の紙も選んでもらいます。本を手に取った人がタイトル文字を見、帯に書かれている情報を知り、開く。見返しが現れる。つぎに本扉。はしがき、目次、そして本文が始まる。ここにすでに静かなドラマがあります。このドラマを装丁家がいかに演出してくれるか、編集者としてとても楽しみなところです。

装丁はこうして生まれる

三浦　桂川さんが装丁してくださった春風社の本をご紹介します。まずは浅井亜紀子[*]先生の『天馬山——北朝鮮からの引揚げ者の語り』（二〇一六年）。原資料の中の「天馬山」という字体にとても力があると感じ、編集担当の山岸から桂川さんに伝えてもらいました。

桂川　私もこの「天馬山」の字がとてもいいと思いました。ではこの字をどう使うか。小さく使ってはどうしようもないけれど、あまり大きく使っても品がなくなる。さらにこの字を活かすために、他に何を組み合わせるか。「天馬山」というタイトルだけを見て何の本かわかる人はまずいないでしょう。とすると、「北朝鮮からの引揚げ者の語り」というサブタイトルをかなり大きく扱う必要があります。

私が特に大事にするのは、最初に本を手にとった時、どういう「色」を感じるかということです。表紙を開けば、見返しと扉があって本の中に入っていく。装

＊　桜美林大学リベラルアーツ学群教授

丁家はそういう一連の流れとともに「色」を考えるんです。字はどう置くか、帯を巻いたときその色はどうなるのか。持ったときの感じはどうか。写真をどうレイアウトするか。色数は多すぎず、でもサブタイトルは強くしたい……。帯と見返しを同じ紙にすると価格が安くなる、というようなことも考えながら、紙は大陸的な大地の雰囲気がある、「岩はだ」というザラザラした紙を使ってみました。

大体の場合、ジャケットは水分や汚れを避けるために表面加工しており、この本の場合はニスを引いています。もっともニスはあまり強くないので、一般にはポリプロピレン（PP加工と通称されます）で表面加工することが多いのですが、PPは紙の風合いを殺してしまうので、いい紙の場合はなるべくPPを使わずニスだけで処理します。『天馬山』は、箔押ししているので、コスト的にもニスだけの表面加工にとどめました。

題字に組み合わせる写真は、何点かあったうち、物語が見えるようなある家族の写真を使いました。裏表紙にある学校の記念写真は、実は元の写真がちょっと右に傾いているのです。写真師らしからぬミスで、傾きを直して真っ直ぐにレイアウトするべきでしょうが、この傾きには引揚者のその後の運命を感じさせるような不思議な感じがあって、あえて傾きを補正せずにレイアウトしました。

装丁は、本体のテクストにつながっていくよう、物語を紡ぐようにデザインしていくことが大切です。『天馬山』ではカバーに写真が数点あり、表紙にも写真が続きますが、あまり写真が続くと雰囲気が重くなるので、扉は「天馬山」の文字だけですっきりまとめる。こんな感じでいろいろ試行錯誤をしながら、装丁を決めていきます。

三浦 ありがとうございます。

次に、橋本照嵩さんの写真集『石巻――2011.3.27～2014.5.29』（二〇一四年）と『新版　北上川』（二〇一五年）。いかがでしょうか。

桂川 写真集の場合は、とにかく装丁がいかに写真を邪魔しないかということですね。タイトルもなるべくすっきりした書体で、しかしUVニスで加工してちょっと目立たせる。橋本さんの撮られた写真がすべてですから、基本的には写真に語らせるレイアウトになっています。

中身も、三浦さんと橋本さんが立ち会って写真の補正をしているので、濃密にこの写真と向き合う時間が持てました。すばらしい写真を最後にどう締めるかを考えました。

工夫したといえば背のレイアウトですね。アクセントのように入っている白い丸は満月です。この本をつくってきたプロセスのまさに画竜点睛という感じで月がギュッと引き締めている。レイアウトした写真にはいっさい細工していないですが、うまい具合に、月と書名と橋本さんのお名前が、写真にぴったり重なって響き合う。こういうところが最後にうまく決まると楽しいですね（笑）。

三浦　僕は担当編集者として、原稿を読んで感じたイメージを、いろいろな言葉で装丁家にぶつけます。例えば、「この本からは風を感じる」とか。学術書であれ、詩集であれ、写真集であれ、「硬質な感じがする」あるいは「柔らかい、軽みを感じる」とか。でも、それに縛られてほしくないとも思います。装丁家もおそらくそのことを感じ取ってくださる。そこが楽しいところです。一緒に仕事をする人に、自分の感じたことをあまりパラフレーズせずギリギリの言葉で伝える。けれども、それで縛ることはしない。自分と別の個性の人が仕事をするわけだから、僕の言葉や原稿を参考にしながら彼なり彼女なりがどんなイメージを出してくるかを見てみたいですね。

本づくりは砂時計

浅井　私の『天馬山』もそうでしたが、装丁家は時間との闘いもあるのではないかと思います。どのようにやりくりされていますか。

桂川　すごくシビアな問題ですね。私は年間で一二〇冊くらい、多い年だと二〇〇冊を超える本を装丁します。一二〇冊といえば一年間休みなしに三日に一点ずつ入稿しなければなりません。何年もかけて著者が書きあげ、編集の人が苦労してまとめあげた本の命運を、たった三日で決めてしまうというプレッシャーは本当に大きいです。

編集者の手による装丁は、いわば家庭料理みたいなもので、家族の個性や好みを全部わかっていて作る。それに対して僕らプロの装丁家は、量もこなさなければいけない。プロの料理人は一時にお客さんが集中しても冷静にさばかなくてはならない。どんなコンディションでも、コンスタントに水準以上の結果を出し続けることが重要なんです。ものによってはプロの料理より家庭料理のほうがずっとおいしいように、編集者がつくった装丁にもすばらしい装丁がいくつもあります。ただ、仕事をコンスタントにこなすことがプロの装丁家としての私の存在意義です。三日に一冊どころか、極端な場合には一日二冊つくらなければいけないこともあります。ある意味、ちょっと無責任じゃないとできないんですよね。

橋本　僕の写真集『北上川』の初版は三浦さんと僕が装丁して、『新版　北上川』は桂川さんにお願いしました。家庭料理とプロの違いがよく出ているんじゃないかな。

桂川　もとの『北上川』もすばらしい装丁だと思います。本をつくってきた方が装丁して。ただし違いを述べるとすれば、旧版では橋本照嵩という著者名が帯をつけると隠れてしまう。新版では絶対に橋本さんのお名前を目立たせたほうがいいと判断しました。

三浦　桂川さんが本日の資料の中で僕の言葉を紹介してくださっています。「本づくりって砂時計みたいだね、さまざまな経験を思い、作業や労力がジワジワと一点に凝縮され、そこから、また大きく広がっていく、それを繰り返していくのが本づくりで、本はそんな営みの結節点なんだ」と。砂時計の中ほどのくびれたところ、あそこが「本」にあたると思います。何十年と研究をされている著者からいろいろな話を聞かせてもらい、原稿を読み、編集する。また、いろいろな人との関係から一冊の本ができあがる、でもそこが終わりではなく、本ができたことで、そこから砂がサラサラと下に落ちていくようにして新しい人間関係が生み出されていく……。

本というものは人類の偉大なる発明品です。一冊の本が生まれ、新たな関係を生み出していく。ますます本はおもしろいと思います。

春風新聞 一九号（二〇一六年秋冬）

学術書の未来

学術書の出版はどこへ向かうのか――

鈴木哲也×三浦衛×馬渡元喜

二〇一七年一月二六日、横浜市教育会館にて、
京都大学学術出版会専務理事・編集長の鈴木哲也氏と
春風社代表の三浦衛が、それぞれ自社の三冊をとりあげ、
「学術書の未来」をテーマに対談を行いました。
司会は図書新聞取締役社長（当時）の馬渡元喜氏。

京都大学学術出版会の三冊
『集団——人類社会の進化』河合香吏編、二〇〇九年
『「他者」たちの農業史——在日朝鮮人・疎開者・開拓農民・海外移民』安岡健一著、二〇一四年
『ギリシア詞華集1』沓掛良彦訳、二〇一五年

春風社の三冊
『現代の学校を読み解く——学校の現在地と教育の未来』末松裕基編著、二〇一六年
『朝鮮儒学の巨匠たち』韓亨祚著・片岡龍監修・朴福美翻訳、二〇一六年
『異文化コミュニケーション事典』石井敏・久米昭元編集代表、二〇一三年

学術書とは何か

馬渡　本日の対談のきっかけとなったのは、『学術書を書く』（鈴木哲也・高瀬桃子著、京都大学学術出版会、二〇一五年）の図書新聞での書評を三浦さんにお願いしたことです。一読して、この本の評者は三浦さんしかいない、と思いました。

ではまず、「学術書とは何か」という大きな問いからお二人に伺いたいと思います。

鈴木　私は横浜出身で、横浜でこういうお話ができるのは奇遇だと喜んでいます。

さて、私どものような大学出版会はどうしても母体大学に規定されます。京大はさまざまな学部と領域を抱え、専任教員だけで二千五百人ほど。どうすれば学問分野に偏りなく、かつ出版会としての特徴を持たせることができるのかを考えています。

主な領域は四つです。一つ目は「地域研究」で、年間刊行点数約七〇冊のうち約四分の一にあたります。二つ目は「歴史的なアプローチ」。京大が日本で初めて講座を設けた西洋古典学を柱に『西洋古典叢書』をすでに一二六巻出しています。三つ目は欧米で出されているような、各領域を包括する理系の大型書。四つ目は英文書です。

視点や方法の特色としては、一つは「歴史的なパースペクティヴ」。歴史に対する関心が薄れている現在にあって、歴史とその変容を意識した記述をしていく。もう一つは「フィールドを意識した研究」。それから「パラダイム志向」、つまり大きな社会の枠組みや学問の枠組みに影響を与えるような研究。そしてもう一つ、春風社さんにも通じる「マイノリティの重視」です。ミクロな世界とマクロな世界を結びつけ、ミクロな事柄からマクロを語る。特にこのようなアプローチのできる若手研究者を積極的に取り上げています。

学術書とは何でしょうか。まず、学術研究、学術論文の引用に耐えなければいけない。そのためにはきちんとしたエビデンスと方法が前提となりますが、そのような信頼性があれば、形式はさまざまあっていいでしょう。

学術書は、狭義の専門だけではなく、むしろ専門外の人たちに役立ち、影響を与えるものです。きちんとした学問的手続きをベースにしながら、骨太の主張を持ち、社会に対して研究成果を出すのが学術書ではないかと思います。

そもそも知は何のためにあるのでしょうか。春風社さんのお仕事はすべて、知とは実践するものだという視点に貫かれている気がします。もう一つはマイノリティにこそ何かがあるだろうという姿勢が感じられます。マイノリティに目を向けることを通じて大きな問いを出されていると思います。

この「大きな問い」が、学術書に一番大事なことです。学術的なシステムに則りつつ、大きな問いのあるもの。これが、私が学術書として考えているものです。

馬渡 ありがとうございます。三浦さんはいかがですか。

三浦 学問というと『旧約聖書』の楽園追放の話が重なります。善悪の知識の実を食べて楽園を追放された人間が幸福を得るための道具が、学問だと僕は思っています。学問という形で幸福を追い求めていくときに、研究の積み重ね、先人の遺産を継ぐことが大事で、ここに学術書の役割があります。

春風社の特色について一つ思うのは、「在野精神」です。野《の》にある、野《や》にあること。大学の中で研究したことがその外で意味がある言説になっているかどうかが、学術書にとって大切なことです。僕は秋田の農家出身で家には一冊も本がありませんでした。でも学術書を作るときにその生育環境が活きていると、今になって思います。

『学術書を書く』は、これから学術書を出す人にとっての決定版ですね。特に、「二回り《ふた》、三回り《み》外」の読者、という言葉には本を作るときの共通の苦労が表れていると思います。

「二回り、三回り外」へ

馬渡　学術書について、「実践的である」、あるいは「生きるすべ、幸福を追求する」とお二方とも考えていらっしゃるのは非常に重要なポイントです。すでに出てきた「二回り、三回り外」は、『学術書を書く』に何度も登場するキーワードです。鈴木さんはこの言葉をどのようなお気持ちで使われましたか。

鈴木　意識的に使っています。世の中が高学歴化し、いまや大学出版業の新人は大学院卒が普通ですが、彼らは分からないと言わない。あるいは分からないことはいけないことだと思ってしまう。困ったことです。そういう編集者たちは著者に「分かりやすく書いてください」と言いますが、一体誰にとって、何のために、何を分かりやすく書くのか。そこで、「二回り、三回り外」という言葉です。

研究者の世界では、同じ対象を同じアプローチで研究している一五人を「一回り」とすると、その外の人たちには、たとえ同業者であっても実は言葉が通じない。この自覚に立ち、まずはその人たちに丁寧に伝えようとすることが大事です。

そう心がけてみると、思わぬ人から反応があります。例えば、この『集団』『制度』『他者』という同じ研究会のシリーズ。去年、東北大学の若い助教の方から『帝国の基層』（有松唯著、東北大学出版会、二〇一六）という考古学の本をいただきました。手紙には「私がこの本を書くきっかけになったのは、『集団』と『制度』を読んだことだ」とありました。同じ学問領域で言葉が通じているのかを問うてみる。通じていないかもしれないと思って丁寧に書くと、思わぬところから、このような読者の反応があるのです。

馬渡　「二回り、三回り外」は、三浦さんも常日頃から実践されていると思います。「誰に向けて」をいつもどのように意識していらっしゃいますか。

三浦　鈴木さんと同じく「分かりやすく」には問題があると僕も思います。むしろ、読者を勉強させ、引き上げる力のあるものが学術書なのではないか。

「誰に向けて」に関係して、僕がよく人に話すことがあります。かつてある公害に関する公開説明会で、自然科学の研究者がいろいろとデータを挙げ、毒と人体への影響について説明しました。そのとき、説明の最後におばあさんが手を挙げて、「ところでウチの孫は大丈夫でしょうか？」と訊いた。——学問、もっと言えば言葉が、本当のことを伝えるよりも隠すためのものになっていないか。言葉に潜む二面性に危機感を持ちながら、誰に向かって伝えていくのか。そのように問いつつ、工夫や苦労を重ねることで、それがまだ見えない「二回り、三回り外」の読者に届けられるのだと思います。

鈴木　現場の哲学をつくるのが知だと私は思います。例えば福島の原発について私たち一人ひとりは何を選ぶかと考えるとき、そのための知識がほとんどない。学者もそれを出そうとしてこなかった。今、現場で判断をするための材料やその精神価値が失われているのではないか。そのことに危機感を抱いています。

「現場」とはどこでしょう。日本で五〇年くらい前と比べて本を読まなくなった層は、学校の先生とお医者さんではないか。かつて地域にいて知を媒介していた人たち、いわば現場の知を担っていた人々が、今いなくなっているのではないか。そういう中で現場の哲学をつくるには、まず歴史を学ばなければならない。それぞれの歴史の中で何が明らかになってきたかをきちんと知ってもらうことです。

本づくりの工夫

鈴木　本は必ずしも最初の目次から読んでいくものではありません。学術書であっても、写真やコラム、囲みなどが、全体として導入となる。そういう意味で、本づくりは平板であってはなりません。この工夫について、三浦さん、いかがでしょうか。

三浦　実際の本づくりの話ですね。鈴木さんが取り上げられた三冊はすべて上製本で、しかもかがり綴じ。京都大学学術出版会さんの本は全部かがり綴じなんですか。

鈴木　基本的にそうですね。

三浦　長く読んでほしいという願いが造りにも表れていると感じますね。かがり綴じとは、要するに製本時に糸でかがることです。糊付けで綴じられた本は何年か経つと開くと割れることがありますが、糸でかがっているとバラバラにならない。

鈴木　他の工夫についていうと、例えばこの『集団』では、それぞれの章扉に、著者の主張を一枚で示す絵を載せました。この本では文化人類学、生態心理学、霊長類学という三分野の方々が対話し、なぜ人は集まるのかということを議論するのですが、やはり個別の議論は専門的で、読者にとって遠い。一枚の絵にすることで、著者自身が気づかなかった論点も出てくるし、読者の道標になる。この研究会のシリーズは全部この形にしました。

また、『集団』には途中にカラーページを入れました。著者のお一人である伊藤詞子*さんのチンパンジーについての論文が、「メスで集団は形成される」「集団を議論するときはメスから議論すべきだ」という重大な提起をしているからです。この論文を特別扱いし、カラーにしました。そうすると糊ではうまく製本できず、かがる必要がある。コストをかけてでもかがるのは、多彩な本づくりのためでもあります。

馬渡 それぞれの三冊を見て、タイトルや装丁に両社の特徴を感じました。

三浦 タイトルは手に取る人に問いを投げかけるようなものにしたい。ただ今回の三冊は関心がある人たちにまず読んでほしいと思い、ひねったタイトルはありません。『現代の学校を読み解く』(二〇一六年)はむしろ装丁が変わっています。白と黒の二色のみで、タイトルの文字も小さく、間隔が空いている。内容面でもコラムやキーワード説明を設けて工夫しています。若い著者の方々の熱意が、編集者や装丁家を突き上げるようにしてできた本です。

馬渡 この本は春風社ならではですね。

* 人類学・霊長類学者

鈴木　本はタイトルも記述全体も、「なんだ、これ?･」と思わせることが大事だと思います。タイトルは、その本の内容を、より大きな問いの中で言うとどうなるかで考えます。予定調和を超えたものにしたいと思っているのですが、いつも上手く行くとは限りませんね。

馬渡　装丁・造本についてはいかがですか。

三浦　春風社を創業したとき、学術書の装丁に殺風景なものが多いことに疑問を持ちました。研究者の方は小さいころから本好きだったに違いないのに、学術書が殺風景なのは寂しい。研究者の中の童心に触れる本をつくっていきたいと思い、手触り感を大事にしています。紙の本は朽ちていき、最後はなくなってしまう。だからこそ手触り感が大事でいとおしい。そういうことを演出できたらと思っています。

鈴木　装丁も意外性のあるものにしたいのですが、どうしても使わざるを得ない資料や、新刊として書店で平積みにしたときの状態に規定されるところもありますね。

『「他者」たちの農業史』(二〇一四年)は、普通定住した農民を中心にする農業史ですが、実は別の視点から見た方が豊かなものが見えるのではないか、という本です。ただし、「よそ者」たちは文書に残らない。そこで本としては、「他者たち」つまりよそ者で語るには一つの方法では貫けないことをむしろ売りにしました。カバーの写真は朝鮮背板という背負子《しょいこ》で、戦前から日本で地主になっていた朝鮮の人たちが使っていた道具です。日本の農業の相当な部分を日本列島の外から来た人が担っていたことを示しています。このように、装丁には著者のメッセージを象徴するものを持ってきています。

それぞれの三冊

馬渡　三浦さんは、鈴木さんが挙げられた三冊をどうお読みになりましたか。

三浦　難しいけれどおもしろかったです。この「難しいけれども、おもしろい」が僕の学術書の一つの定義です。丁寧に読んでいくと必ず納得や驚きがある。また、そこまで編集していくのが編集者の仕事だと思います。そのために文章を精読し、一文一文に密着しながらその書き方をチェックします。句読点の位置一つでも文章の分かりやすさが変わります。「内容を分かりやすく」ではなく「一文一文を分かりやすく」。そうするうちに少しずつ著者が書いていることが沁《し》みてくる。

馬渡　鈴木さんは、三浦さんが挙げられた三冊にどのようなご感想をお持ちになりましたか。

鈴木　まず、『朝鮮儒学の巨匠たち』（二〇一六年）。朝鮮の一つの精神風土とされるいわゆる大義名分論の底には「生きる」という問題があった。この本における儒学は、一言でいえば「生きるための技法」です。

『異文化コミュニケーション事典』（二〇一三年）。普通「異文化コミュニケーション」というと外国人を想定しますが、この本では夫婦なども含めて、自分と違うものが世の中にいっぱいあり、それとどうつき合うのかということです。造本も凝っていて、カバーをとって表紙をみると凸凹があり、シンボルが型押しで表現されています。『西洋古典叢書』も以前は全部型押ししていたのですが……。

実は私は教育学部出身なのですが、教育というものに両義性を感じて研究者志向をやめてしまい、出版の世界に入りました。『現代の学校を読み解く』を読み、「やめずにちゃんと勉強して、こういう先生方と一緒に仕事をすればよかった」と思いました。若い世代の方が「学校って、そもそもあっていいのか」というドラスティックな疑問を、しかも創造的に唱えた。こういう根源的な問いと出会えるのは素晴らしいですね。

三浦　『集団』は、帯に「群れから国家まで、人はなぜ集まるのか」とある。それぞれの分野から問いを投げかけながら、結論は出ていません。これを読んで、学問は結論を出すのではなく、限界を示すものだと感じました。分かったふりをしていない。非常に気持ちいい本です。

『「他者」たちの農業史』。サブタイトルが、「在日朝鮮人・疎開者・開拓農民・海外移民」。農業史は「定住する民の歴史」だとずっと思ってきました。そうでない人々から見ることで、日本の農業の歴史が立体的に見えてくる。

『ギリシア詩華集』は沓掛《くつかけ》良彦さんの訳です。歴史資料としてはそれなりの価値があるが、読んでいておもしろくないという解説があちこちにある。しかし、ギリシアの詩はヨーロッパの詩歌の歴史を考えていくときにはやはり外せないものだとも。

鈴木　いわゆる詩として見れば本当につまらない（笑）。でも、二千年間、人間はあまり変わらないということを知るという意味ではこういうのも結構おもしろい。プラトンやアリストテレスだけが大事なのではない。

「分かりやすい」を超えて

馬渡　最後に未来に向けた話に移ります。『学術書を書く』でも鈴木さんはお書きになっていますが、学術書を紙で出版することの意味や意義についてお聞かせいただけますか。

鈴木　私は電子の有用性も認めますが、その暗黒面がまだ全く語られていないことに危機感を抱いています。学術雑誌の世界では、電子化は世界的に非常に進んでいます。二〇〇八年にシカゴ大学のジェイムズ・エヴァンスが『サイエンス』誌に書いた「Electronic Publication and Narrowing of Science and Scholarship」という論文によれば、電子化により引用の幅が非常に狭くなり、しかも消費されるスピードが上がったそうです。彼はそれを「知の狭隘化」と呼びます。もう一つ、アメリカで、講義を手書きでメモする学生とパソコンでメモする学生に分けて学習効果を見ると、概念的な事柄の理解は手書きの方が高かったという心理学の論文もあります。

電子は確かに便利ですが、知を「二回り、三回り外」に伝えるという意味では問題もある。紙の本は、知を血肉化する、常に自分の中にあっていろいろな判断の基準になる身体化された知を育むのにすぐれています。さらに、地域の知をつくるとき、物は対話の媒介になります。電子と紙それぞれの適した場面を仕分けしていく必要があるでしょう。

馬渡　三浦さんはいかがですか。

三浦　紙で出版することの意味と意義は、「二回り、三回り外」の読者に届けることと裏表だと思います。紙で出版するにはそれなりのコストがかかり、それを回収するには、外の読者に向けた内容や表現になっていなければなりません。そのためにタイトルや装丁から、図版の使い方、余白の用い方、語句の調整などいろいろな工夫が必要となります。その切実感ゆえに、外の読者に向けて言葉を発することができるという面もあると思います。

馬渡　学術書を取り巻く環境に身を置かれていて、「ここは変えた方がいい」と思っていらっしゃることはありますか。

鈴木　学術書を読む側も書く側も、そして編む側も、「分かりやすい」がよいというパラダイムはもうやめようと思っています。分かりやすく語ることのできないものがあるはずです。分からないこと、なかなか伝わらないことを自覚した上で、「誰に、どう伝えるか」を工夫しなければならないでしょう。このパラダイムは、本づくりだけでなく研究のあり方にも影響しています。そういう意味で、学問の評価方法も考え直したほうがいい。

馬渡　三浦さんはいかがですか。

三浦　研究者の方からの要望もあっての話ですが、学術書を、もっと外国の読者や市場を意識したものにしていきたいと考えているところです。

馬渡　今後こういう新しいことに取り組んでみたいという展望をお聞かせください。

鈴木　一つは英文書の拡大です。日本で行われた研究で、海外でもきちんと受け入れられるものがありますし、蓄積も十分あると思います。もう一つ、「専門外を学ぶ」という知的風土の再構築を、我々が出て行ってイベントをするなどの取り組みとしてやってみたい。一昨年は「専門外で専門書を読む」という読書会を実験的に京大でやりました。今年度はそれをもう少し具体的にしていきたいですね。

馬渡　三浦さんはいかがでしょうか。

三浦　スタッフや著者の方々も含めて、若い人に魅力ある会社をつくっていきたいと思っています。一代で終わる出版社も結構ある中で、在野の精神を大事にしながら、魅力ある出版社とはどういうことかを考えていきたい。

馬渡　京都大学学術出版会からは『西洋古典叢書』が一二〇巻以上出ていますし、春風社には『新井奥邃著作集』という根幹となる著作集があります。紙の本を前にしたときに私がいつも思うのは、「圧倒される」という経験です。例えば『西洋古典叢書』全部は死ぬまでに読めない。そのような経験があると、いかに自分が小さい存在かがよく分かる。古代ギリシアのものが連綿と受け継がれて今読めることの幸せ、自分の身体と非常に親和性の高い物質としての書物と接したときの感覚を大事にしたいです。これがないがしろにされることは、人間存在そのものがないがしろにされることではないかと思います。

今日のお話で、学術書がいかに垣根を超えて行こうとしているかという状況がよく分かりました。鈴木さんのお言葉にあった、「知を血肉化する」ことこそが学術書であり、そういった学術書を両社につくり続けていただきたいと思います。ありがとうございました。

春風新聞 二〇号（二〇一七年春夏）

教育・学問の原点

鎌倉アカデミアに学ぶ——

大嶋拓×三浦衛

二〇一八年三月三一日、横浜市教育会館にて、
映画『鎌倉アカデミア　青の時代――ある「自由大学」の記録』上映会の後、
監督の大嶋拓氏と春風社代表の三浦衛が対談しました。

鎌倉アカデミア　青の時代──ある「自由大学」の記録

「新しい日本を担う若者を育成する」という理念のもと、終戦間もない一九四六年五月、戦火を免れた鎌倉市の光明寺《こうみょうじ》を仮校舎として、産業科、文学科、演劇科の三科からなる「鎌倉大学」が開校した。一九四八年春に「鎌倉アカデミア」と改称。経営科、文学科、演劇科、映画科の四科となり、横浜市栄区の旧海軍燃料廠第三試験所跡に移転した。三枝博音《さいぐさひろと》をはじめ、林達夫、服部之總《しそう》、高見順、中村光夫など多くの著名な学者、文化人が教鞭を執り、教師と学生が切磋琢磨する「自由大学」を目指したが、時代の波に翻弄され、四年半で閉校。しかしその学び舎からは、いずみたく、山口瞳、前田武彦、高松英郎、鈴木清順といった多彩な人材が巣立っていった。鎌倉アカデミアはいかに生まれ、いかに滅び去ったのか。そして鎌倉アカデミアの精神は、今日どのように生き続けているのか。かつての学生たちの証言と貴重な資料から、その真実の姿を明らかにする。監督・大嶋拓は、鎌倉アカデミア演劇科教授・青江《あおえ》舜《しゅん》二郎《じろう》の長男。二〇一六年製作、二〇一七年公開。一一九分。デジタルハイビジョン。

（公式サイト　http://kamakura-ac.blue）

映画ができるまで

三浦　大嶋監督から映画についていろいろなお話を伺えればと思います。今日の上映会は春風社が企画・主催したものですので、まずは大嶋監督と春風社との出会いからお話いただけますか。

大嶋　二〇〇九年に私は、「異端の劇作家　青江舜二郎　激動の二十世紀を生きる」という亡父の評伝を、地方紙『秋田魁《さきがけ》新報』で連載していました。父は秋田の出身だったものですから。そして、これを機に青江の戯曲を出版したいと、秋田に縁のある出版社を探していたところ、『秋田魁新報』に載っていた三浦さんのご著書『出版は風まかせ』（春風社、二〇〇九年）の書評を目にしました。三浦さんも秋田出身で、私の担当だった記者の方が偶然にも三浦さんの出身高校の同級生だったということもあり、すぐ連絡をとりました。

三浦　監督から出版のお話をいただき、二〇一〇年に青江舜二郎の『法隆寺』と『河口』という二編の戯曲を一冊にし春風社で出しました。翌二〇一一年には大嶋監督が『秋田魁新報』に連載していた評伝を『龍の星霜——異端の劇作家　青江舜二郎』の題名で出版。こうして春風社と大嶋監督とのご縁が出来たわけです。

青江舜二郎は鎌倉アカデミアの教授で、この映画にも出てきましたね。お父様が鎌倉アカデミアの教授だったこともちろん関係しているとは思いますが、なぜ、こういうドキュメンタリー映画をつくろうと思われたのでしょうか。

大嶋　新聞での連載として二〇〇九年から一年間、父親の七八年の生涯について書きながら、いろいろな時代のことを調べていました。そのころから、鎌倉アカデミアについてもっと掘り下げたいと思っていました。

映画の冒頭、前田武彦*さんや山口瞳**夫人の治子さんが鎌倉の光明寺の本堂で話している場面がありますが、あれは実は連載よりも前の二〇〇六年に撮影したものので、鎌倉アカデミア六〇周年の記念祭の模様です。「卒業生もみんなかなり高齢だし、七〇周年はできないだろうから……」と、ある関係者の方に勧められて、記録としてカメラを回していました。

そのあと、別の映画を撮ったりしているうちに私も五〇代に入りました。人間、ある程度年齢がいってくると、自分が生きてきた時代や自分が生まれる前の時代への関心が深くなっていくのでしょうか。六〇周年のときに撮っていた映像を五年たって見返してみると、当時よりおもしろい。そのとき撮ろうと思っていた劇映画が暗礁に乗り上げたり、東日本大震災が起きて津波の映像に衝撃を受けたり

* 一九二九—二〇一一年　タレント、放送作家

** 一九二六—一九九五年　小説家

して、ドラマはもう現実に追いつけない、現実のすごさに太刀打ちできないんじゃないかと感じていました。そんなこともあって、鎌倉アカデミアを映画にしてみようかと、二〇一二年からインタビューを始めました。

三浦　そして二〇一六年に完成された。

大嶋　はい。映画の最後に出てくる七〇周年記念祭が二〇一六年六月。その後編集して秋に完成しました。

二代目校長・三枝博音の精神

三浦　この映画は、敗戦直後から時系列で描かれています。戦後すぐにできた鎌倉アカデミアは、朝鮮戦争が始まるころ閉校になります。映画をつくるにあたり、その時代について感じたことはありますか。

大嶋　日本が占領されていた時代は歴史の彼方の話ではなく、現在にも影響を及ぼしているのだと、いろいろなところで感じました。占領軍は最初のうちは共産主義を容認する姿勢を見せながら、何年かののちには手のひら返しでレッドパージを行う。それに翻弄されて鎌倉アカデミアは潰れます。アメリカの思惑抜きで決められないことはいまだにありますし、占領下の日本と現代の日本とは、実はあまり変わっていない。

三浦 鎌倉アカデミアは「アカ」と呼ばれ、支援者を失って閉校に追い込まれました。しかしこの映画を見ると、教授陣には、実際に共産党に入っている方も少しいますが、林達夫*はじめリベラルな人たちが多いことが分かります。

大嶋 そうなんです。主な教授・講師陣で共産党に入党していたのは服部之總**ほか数名、ほとんどはリベラル派の文化人でした。学生も党員として活動していたのはひとクラスに二人か三人程度だったそうです。

三浦 それが四年半で閉校になるとは、日本が歴史的に大きく様変わりした時代なんだなと感じますね。

大嶋 アカデミアが閉校になると決まったときの、二代目校長・三枝博音***の「御挨拶」を読むと、真実を追究し、現実に敗れた者の、得も言われぬ悲しみが胸に迫ってきます。「何を措いても心配でなりませんのは、学生たちのこれからの方針でした」。三枝博音は、その後の学生たちの身の振り方をどうするかということでずいぶん動かれている。閉校時期も学生たちが他の大学に編入できるようにと九月に決められたそうです。鎌倉アカデミアは大学ではなく各種学校なのです

* 一八九六―一九八四年　思想家

** 一九〇一―一九五六年　歴史学者

*** 一八九二―一九六三年　哲学者

が、当時は新制大学に移行して日が浅く、割と制度が緩かったようで、鎌倉アカデミアから立正大学や東洋大学に編入した学生がかなりいます。そこで勉強を続けて学位を取り、大学の先生になった方もいらっしゃいます。

三浦　映画の中でも引用されていた、三枝博音の「私の描いている学園」という文章があります。「自分が何か問題をもつときは、すぐにそこに駆けつけたい。自分が自信を失うような時は、すぐに出かけて行きたい。そこでは自分の意見をとりあげてくれ、普遍化してくれる。そこでは自分の不信や自分の虚脱をとりあげて、その原因を究明してくれ、自分だけのものでないことを明らかにして、新しい希望をもたしてくれる。そういう時、相手になってくれる人が先生の中にも居れば、学生の中にもいる。喜びや悲しみや、希望や希望のなさが、そこへ行けば客観的になる。そういうことによって、生活がもっと深められる。だからそこでは、自分自分の意見を自由に公明にうち明けるということが、そこへ入るパスのようなものになる」。読むたびに、この映画を見るたびに、ぐっときます。

大嶋　その次に「しんねりむっつりしてくよくよしていては、現代では人は十分の生き方ができないということを、そこではみんなが自覚している」と、要するに「引きこもって」いては、自分の問題を自分の中だけに抱え込んでいては前に進めないと言ってます。そして鎌倉アカデミアでは「楽しい学園」の名のもと、教師も学生も日々、それを実践していました。

三浦 そうですね。やはり三枝博音の精神が鎌倉アカデミアに息づいていたのでしょう。

僕はこの映画を何度も見ていますが、見るたびに息が深くなるような気がします。最近、政治状況も含めて、「空気が薄い」と感じることがとても多い。言葉は一体どうなっているのか。言葉は本来、三枝博音が言うように「自分の意見をとりあげてくれ、普遍化してくれる」ような人とつながっていくためのものなのに、そのような場はどこにあるのか。

大嶋 ありがたい感想です。

三浦 本づくりに引きつけた言い方をすると、本には余白があります。文字どおり「余りの白」と書きますが、本の余白は決して余っているのではなく、むしろ本文を演出するためのものです。この映画を最初に見たときから、今日も改めて、風景や場面が転換するときのちょっとした間が、本の余白のように感じられます。

大嶋 インタビューをつなげて人間の映像ばかり続くと、見ている方もくたびれてくるだろうから、要所要所で光明寺の新緑や真夏の海水浴場、夕焼けの海岸などの実景を入れてみました。実際、撮影に行ってみると、やはり鎌倉は風光明媚なところですね。山もあるし海もある。いい場所に学校をつくったなと改めて思いました。

学びの場としての「箱」と「人」

三浦　鎌倉アカデミアにかかわった学生さんたちの中には、鎌倉アカデミアといえば最初に校舎として使っていた材木座の光明寺だと強調される方もいれば、移転した後の大船の旧海軍燃料廠跡の校舎を「戦争のあとだから廃墟のような建物でも当たり前」と感じている鈴木清順*さんのような方もいます。学びの場所としての「箱」と「人」との関係も、この映画を見ながら考えさせられます。

大嶋　第一期生、第二期生にとっての心のふるさとは自分たちが学んだ光明寺です。でも、校舎が移った第三期生からは、よく知らない光明寺は心のふるさとにはなりようがない。燃料廠跡という廃墟みたいな建物でも、やはりそこで学んだ記憶が懐かしく思い出される。人間の記憶のおもしろさですね。

三浦　僕の演劇上の恩師である竹内敏晴さんのレッスンで、目を閉じて、ある単

＊ 一九二三―二〇一七年 映画監督

語からイメージを浮かべるというものがあります。そこで「ガッコウ」という語を挙げると、ほとんどの人は校舎、廊下、トイレ、教室などをイメージし、人は出てこなかったそうです。僕自身は、「ガッコウ」というと、小学校の先生や、一緒に勉強したり遊んだりした人たちが浮かびますが。

大嶋　今のお話と対になるような話なんですが、鎌倉アカデミア初年度から最終年度まで教えていた考古学者の三上次男による「種蒔く小さな集団」という文章があります。その中で、「いってみれば学校があるから教師や学生がいたのではなく、教師や学生が集まっているから学校という場が必要だったというような感じがあった。教育とか研究とかいうものの本来の姿はそんなものなのであろう」と書かれている。

三浦　学びの場にとって「箱」と「人」は両輪かなと思うんですが、この学校では、「箱」よりも「人との関係」にむしろウェイトがかかっていますね。

大嶋　そうなんです。実際鎌倉アカデミアでは、「分室」という言い方で、各教授の自宅でお菓子を食べながら先生と話をするという、授業の延長が日常的に行われていた。これはすごいことですね。今は相当親しくなっていなければ、先生のところにアポイントなしで訪ねて行くことはできないでしょう。

三浦　七〇年経ち、鎌倉アカデミアの四年半は元学生たちの中で、時間的には短くても大きな存在になっている。映画の中の皆さんの表情が実にいい。映画の最後で「鎌倉アカデミアはあなたにとって何ですか?」という質問への答えもいいですね。

大嶋　実際のインタビューでも、アカデミアの話を聞かせてくださいというと、どなたも嫌とはおっしゃらない。やはり「語りたい」という方が多い。映画では五分くらいしか登場していない方も含めて、皆さんそれぞれに少なくとも一時間、多い方は二時間半のインタビューをしています。本当に喜々として語られて、こちらも引き込まれてどんどん聞いてしまう。だから編集のときが苦しかったですね。ここも使いたい、あそこも残したいと。

　ドラマと違って、ドキュメンタリーは基本的に編集でつくっていくものです。ここは要るのか、要らないのかと、長い間悩みました。本当に皆さんたくさんしゃべってくださいましたから。

三浦　淡々と話されていて、かえってそれが、その人の中に鎌倉アカデミアの存在が骨太く残っているんだなと感じさせます。

大嶋　ええ。人生の中で精神が培われる、しかるべき時に、しかるべき人と出会い、しかるべき刺激を受けることがどんなに大事かと身につまされました。九〇歳の方が二〇歳のころを語るときは二〇歳の瞳をしているんですよね。私もそういうものに二〇歳くらいで出会っておけばよかったと、うらやましくも思います。

幾何学を学ばざる者は……

三浦　三枝博音は鎌倉アカデミアに、プラトン*の「幾何学を学ばざる者は、ここに入るべからず」という言葉をギリシア語で掲げていた。「幾何学を学ばざる者」を敷衍すれば「科学的にものを考えない者は」ということでしょう。そこにも戦争に対する思いがあるのかなと思います。

大嶋　そうですね。もっと科学的にものを考えていれば、いろいろな過ちを犯さずに済んでいたという反省もあるのかもしれません。

三浦　我々の出版の仕事に引きつけて言えば、学術書にはやはり先行研究があり、そこに少しずつ新たな知見を積み重ねていくわけですよね。それは三枝博音の精神に通底するものではないかと思います。

東日本大震災のときに、「想定外」という言葉が流行語のようになりました。

* 紀元前四二七―三四七年　古代ギリシアの哲学者

でも「想定外」とは非常に傲慢な言葉じゃないかと僕は思います。知見を積み重ね、ある程度のところまでは分かるけれども、それ以上は分からないということは、どの分野でもあるのではないか。この映画を見ると、教師も学生も分からない者同士、「学びたい」「教わりたい」という気持ちが一番の原動力になっている。

大嶋　鎌倉アカデミアでは、学生と教師が同じ目線でお互いを高めていくことが徹底されていたらしいです。第二期生の入学試験に第一期生が立ち合ったり、「校歌」ではなく「学生歌」と呼ぶなど、本当に学生主体の学園づくりが行われ、教師の側もそれを期待していました。

三浦　自発的ですよね。映画を見ていていろいろな場面で感じます。例えば『春の目ざめ』の日劇小劇場での公演も、学生の勢いに教師が押されて実現した。

大嶋　演劇科長である村山知義*は最初、まだ学外公演は早いと言ったんですが、「これをジャンピングボードにしたいです」と学生が言うものだから、自ら演出を引き受けたらしいです。

三浦　鎌倉アカデミアの最後一年ぐらいは、お金が入ってこないために、教師たちは無給で教えたそうですね。映画の中の齋藤昌男**先生のコメントにもあるように、教える・教わるという関係の中で、教える人は教えることで受けとれるもの

＊　一九〇一―一九七七年　小説家、劇作家

＊＊　一九三一年―　社会学者

がある、そういう喜びを感じているからこそできたことなのでしょう。

大嶋　三浦さんは大学を卒業して、最初に就いた仕事が高校の社会科の先生だったそうですね。

三浦　そうです。政治経済と現代社会を教えていました。私立の高校で割と自由にさせてもらえました。土曜日には二時間続きで「ゼミ」という授業があって、そこで芝居をしたこともあります。文化祭の発表に出れば単位をやると言ったら、勉強が嫌いな子たちばっかり集まってきた（笑）。当時、僕は週一六時間授業を持っていましたが、このゼミの二時間は、他の一四時間に匹敵するくらい疲れました。

大嶋　密度の濃い授業だったんですね。

三浦　それなのに、ある役の男の子が文化祭本番に欠席したんですよ。裏切られた気がして、ショックでした。その後、彼から丁寧な手紙が届きました。「僕はどうしても、その日、出ることができませんでした、気持ちはあったんだけれども……」と。その手紙を読んで救われた気がしました。

大嶋　でも、当日その子が来なかったのなら、その役はだれが？

三浦　僕がやりました。

大嶋　すごいですね、それは。三浦さんは図らずも、鎌倉アカデミア的な授業を実践していらしたんじゃないですか。

希望と信頼の学び舎

三浦　僕はこの映画を見ていて、鎌倉アカデミアとは三枝博音も書いているように「希望と信頼の学び舎」だったのではないかと思います。敗戦後間もなくできた鎌倉アカデミアには、学ぶ者同士が集まり、これから日本でどうやっていくのかという「希望」を共有していた。また「信頼」とは、やはり三枝の言葉にあった、「自分の意見をとりあげてくれ、普遍化してくれる」ということでしょう。「信頼」のないところでそんなことは発言できませんから。

先日、BSフジの『プライムニュース』という番組で財務省の文書の改竄のことが取り上げられていました。コメンテーターとして東京大学名誉教授の山内昌之*さんと作家の佐藤優**さんが出演されていた。山内さんは、東京大学で三〇年教え、多くの誠実な学生たちが官僚になっていくのを見てきて、「今回のことで官僚になりたいという学生が減るのではないか」と危惧していました。佐藤優さん

＊　一九四七年—　歴史学者

＊＊　一九六〇年—

は、「誠実に仕事をこなし、日本を諦めないでほしい」といっていました。

　このお二人の言葉は、若い人に向けてのものだと思います。国内のことも世界のことも、現状を見ると、疑問に思ったり気持ちが暗くなったりすることが多い。そういうとき、最終的には、やはり教育という営み、若い人をどう育てていくのかということが希望だと思います。この映画ととても重なるところがありますね。

大嶋　鎌倉アカデミアは敗戦から間もないころ生まれました。そのときの日本はゼロからのスタートでした。だから「絶望」と言っていられない。逆に言うと、希望しか持ちえない時代でした。

　三上次男***の文章「種蒔く小さな集団」はこう締めくくられています。「アカデミアでの実験の結果は二〇数年後の今日、はっきりと現れている。ここを通過した人々は、どの社会でも、信頼されるに足る重要な存在として、それぞれの職場で任務を果している。（中略）それは世俗的な出世とはまったく関係のない、大きく貴い価値である。その意味においてアカデミアは決して消えうせてはいないし、過去のものでもない。それればかりか、アカデミア人がそれぞれの地で撒く種は、さらに多くの生命を新しく生み出しつつある」。

　これを読むと、名利を捨てて日々を誠実に生きることこそ、人間の「希望」に

***　一九〇七―一九八七年　東洋学者

結びつくような気がします。

三浦　最後に監督から一言お願いします。

大嶋　鎌倉アカデミア出身の方たちでスポットライトが当たった方は、いずみたく、前田武彦などごく一握りで、逆境にあった方も多いです。学校が潰れ、その後の就職でも苦労したり、と。しかし皆さん、実に楽観的、楽天的で、それはやはり鎌倉アカデミアのカラーではないかと思います。

三浦　そうですね。

大嶋　三枝博音は閉校の際の「御挨拶」で相当ミゼラブルなことを書いていますけれど、学校自体は、金策に汲々としながらもお茶会やダンスパーティなどのレクリエーションが盛んでした。鎌倉という土地柄もあり、皆さん、いろいろな娯楽を楽しんでいた。だから、苦しいことがあっても楽しむことを忘れないという心根が、この学校に集った人たちにしみついているようです。これは人生においても大切なことじゃないでしょうか。「楽しい学園」を、皆さんもぜひ、それぞれのお仕事の場で実現してほしいと思います。

三浦　春風社も二〇年目に入り、これからも皆さんに喜んでいただけるような学術書をつくっていきたいと思っております。変わらぬご支援、お力添えいただければ幸いです。本日はありがとうございました。

春風新聞　二二号（二〇一八年春夏）

本づくりの根

赤羽―鎌倉―桜木町

上野勇治×三浦衛

二〇一八年九月一日、横浜市教育会館にて、
鎌倉にある出版社「港の人」代表の上野勇治氏と
春風社代表の三浦衛が対談しました。

二人の出会い

三浦　春風社は一九九九年一〇月に横浜で創業し、二〇一八年一〇月一日から二〇年目に入ります。港の人は一九九七年四月に鎌倉で創業しました。

上野さんとの出会いがなければ、僕は出版の仕事に携わることはなかったと思います。仮に上野さんが出版以外の仕事に携わっていたとすれば、僕もその仕事に就いていたかもしれない。それくらい上野さんに心酔していました。今日お話できる機会をいただいて本当にありがたいです。

港の人のウェブサイトには、「わたしたち［港の人］は、詩・文学を中心とした人文書と、日本語学・社会福祉学などの学術文献を手がけている出版社です。いま、生きる、ことの〝切実〟を問う出版社であることを願っています」とあります。春風社と同じく学術書も手がけておられますが、詩集・歌集、文学にウェイトがかかっていますね。

港の人の本は一冊一冊が工芸品のようです。工芸品は写真で見ただけではわからない。手に取って初めて手触りがわかる。まず本のしっかりした内容があり、それにふさわしい外＝装丁を用意する。そういう本づくりをされていると思います。
　上野さんと僕が出会ったのは竹内敏晴さんが主宰されていた竹内演劇研究所です。広島出身の上野さんが竹内演劇研究所に入られた経緯からお話いただけますか。

上野　私は二五歳のときに上京してきました。それまでは半年間、大阪の印刷会社で働いていました。創業したばかりの会社で、社員は社長を含めて三人。そこではじめて会社員となりました。その年の夏に、横浜の旧友のところに遊びに来て、詩人の北村太郎さんにはじめてお会いしました。そのとき話の流れで、こっちに来ないかといわれて、会社を辞めて上京することにしたんです。将来のことなんかさっぱり思い浮かばず、とにかく東京へ行こうと決めました。
　東京では上田美佐子*さんに出会いました。上田さんはいま両国にある劇場シアターX《カイ》の総合芸術監督をされています。出会ったころ、上田さんに芝居が面白いからみないかといわれ、いろいろみさせていただきました。ある劇団の立ち上げ公演がありました。いまでもよく覚えていますが、チェーホフ**の「かもめ」を上演するという。あなたは暇そうだから演出助手をやってほしいといわれて、面白そうなので参加しました。台詞の読みから、立ち稽古、そして公演の最後までず

＊　一九三五年―

＊＊　Анто́н Па́влович Че́хов　ロシアの劇作家、小説家

つと演劇の場に立ち会うことができました。演出助手というのは演出家と役者のあいだにいるような存在で、演出家、役者がぶつかり合う葛藤を目の当たりにした。そこで何を発見したかというと、これは妄想でしかありませんが、演劇のなかに「世界」がみえた。そこで「世界」に出会ったわけです。これが演劇なのかと震え、感動した瞬間がありました。奥手ですが二六、七のときに演劇がやりたいと思い、竹内敏晴さんの著書『ことばが劈《ひら》かれるとき』に感銘を受けていたので、演劇を習うなら竹内さんのところでと思ったわけです。

　研究所に通いながら、フリーで編集者などをしていましたが、結婚し、二人目の子どもが生まれたときに「あんた、何やってるの」と妻にいわれて（笑）、演劇を断念し、出版社の大空社《おおぞらしゃ》に入りました。

三浦　上野さんも僕も神奈川県に住んでおり、中野坂上にあった演劇研究所から一緒に帰宅することが多く、いろいろなことを話しましたね。フリージャズの阿部薫***やスティーヴ・レイシー****、八島太郎*****の絵本『からすたろう』とか。上野さんが教えてくれたものはどれも面白かった。

　あるとき、帰りの電車の中でドストエフスキーの『白痴』の話をしました。吊り革につかまりながら、二人して眉間にしわを寄せて話していたと思います。ふ

*** 一九四九－一九七八年　サックス奏者

**** Steve Lacy　一九三四－二〇〇四年　アメリカのサックス奏者

***** 一九〇八－一九九四年　絵本作家

と会話がやんだとき、すぐ近くにいた酔っぱらいのオヤジが、僕たちに寄りかかるように揺れながら、じーっと見ていました。絡まれたわけではありませんが、その光景が印象的で忘れられません。自分がいかに強烈に感じ、真面目に考え、言葉にしても、他人から見たら滑稽でしかないことがある、ということに気付いた。さきほど上野さんが芝居を通して「世界に出会った」と仰いましたが、僕にとってはそのときが、ちょっと世界に触れた瞬間だったかもしれません。

当時僕は高校の教師をやりながら演劇研究所に通っていましたが、赤羽にある大空社で仕事をしていた上野さんに声をかけてもらい、教師を辞めてそこに行きました。入社してから上野さんに多くのことを教えてもらいました。

上野さんが大空社から独立し、港の人を創業された後も僕はそこに身を置いていて、一九九九年に会社が倒産。次の日、赤羽の居酒屋で同僚と飲みながら酒の勢いでつくったのが春風社です。

詩集のタイトルを社名に

三浦　港の人の本づくりについて伺います。

まず、北村太郎という詩人の『港の人　付単行本未収録詩』。『港の人』（思潮社、一九八八年）という読売文学賞を受賞した詩集に、未収録の詩を加えたものです。

上野　昨年（二〇一七年）が港の人創業二〇周年でしたので、その記念に『港の人』を復刊させていただきました。社名もこの詩集に由来しています。「港の人社」とかよくいわれますが「社」は付きません。

三浦　北村さんとの出会いについて教えてください。

上野　さきほど話しましたが、私は二五歳で上京してきました。横浜にいる旧友宅に遊びに行ったら、北村太郎というケッサクな詩人がいるからと紹介されました。北村さんのアパートに行って三人で話しているとき、彼が「こっちに来ないか?」といってくれ、大阪に帰って辞表を出して一カ月後上京してきたわけです。

北村さんは一九二二年生まれで私の父よりも年上ですが、若い私たちに対してとてもフランクで清々しく、温かい方でした。決して偉ぶらず、それでいて博識でした。北村さんから知人が勤めていた作品社という出版社を紹介していただき編集の仕事を覚えていきました。北村さんが一九九二年にお亡くなりになられるまでずっと、いろいろ教えていただいたり、面倒をみていただきました。

三浦　『北村太郎の全詩篇』（飛鳥新社、二〇一二年）という本に上野さんが「柏葉の北村さん」という文章を寄せられ「詩人とはこんなにも精神のありようが柔らかいものなのかと思った」と書かれていますね。年齢を感じさせない柔らかさが会話の中に感じられたのでしょうか。

上野　そうですね。もともと北村さんは、鮎川信夫*、田村隆一**、吉本隆明らと一緒に戦後詩をつくりあげた「荒地」というグループの一人でした。鮎川さんは途中で詩をやめられましたが、北村さんは晩年を経れば経るごとに、詩の凄みや深みが増していきました。「荒地」には旧態依然とした詩を否定して、新しい自分たちの感性や思想を表現するものとして詩をつくっていくという意志があったと思います。その意志を最後まで受け継いで、書き続けたのが北村さんなのではないでしょうか。言葉の革新を絶えず試みていたのではと思います。

北村さんがもっとも信頼していたのは鮎川信夫さんでした。鮎川さんがお亡くなりになったとき、ショックでとても深く悲しまれ消沈されていたことを思い出します。北村さんの第一詩集『北村太郎詩集』(思潮社、一九六六年)に鮎川さんが解説を寄せていて、北村さんはふたつの不幸(「時代の不幸」と「個人の不幸」)をもっていると書いています。ひとつは戦争で多くの仲間を失った不幸、もうひとつは潮干狩りで妻子をいっぺんに亡くされた不幸です。ふたつの不幸を経た北村さ

＊　一九二〇―一九八六年　詩人

＊＊　一九二三―一九九八年　詩人

んの詩は、重さを失って軽くならざるをえないだろうと鮎川さんは書いていました。北村さんのことも、北村さんの詩のことも、いちばん深く理解していたのは鮎川さんだと私は思っています。

『港の人』もむずかしい言葉ではなく平易な言葉で書かれています。しかし誰にも真似られない、レトリックではない、北村さん独自の死生観からの境地を展開しています。当時、横浜を散策しながら街の情景を詩に書かれていますが、そこから突き抜け、照らす世界がある。それが私たちに響くのではないかと思います。こういった詩集のタイトルを社名にしたことで、支えにも、励みにもなっています。

三浦　この詩集は「今」から生み出されてくる雫のようです。今、今、今と、「今」の連なりがよく伝わってきます。

個人的に思い出したのは、高校教師を辞めて大空社に入る前のほんの短い期間、埼玉の予備校で講師をしていたときのことです。控え室で七〇過ぎくらいの先生から「君くらいの歳の人からは、僕なんか、すでに現役を退いた過去の人に見えるんじゃないか？　しかし君、生きるということは永遠の現在だよ」といわれた。そのときはピンとこなかったんですが、この詩集を再読して思い出しました。

上野　詩人とは、「躓いたひと」だと思っています。北村さんは、深く躓いたひとだと思います。躓き、声を発している。ふたつの不幸が、絶えず消え去っていないということなんです。ふたつの不幸、仲間たちの死、最愛の妻と子の死を抱えていて、それが生きることとのたたかいだったのではないか。そして北村さんは、私たちを見守ってくれているような気がします。そのことが三浦さんのように受け止められるのかもしれないですね。

行とは、柱とは

三浦　港の人の本づくりについてもお話しいただきたいと思います。
北村太郎さんの『港の人　付単行本未収録詩』は函入りの単行本で、港の人の二〇周年記念の刊行物。もう一つ、宇佐見英治さんの『言葉の木蔭　詩から、詩へ』（二〇一八年）という本です。どちらも工芸品のような佇まいがありますね。特に気に入っている書体はあるんですか。

上野　イワタ明朝体オールドが好きです。このフォントは冷たい印象を与えるようですが、すっきりと洗練されて読みやすく、多くの本に採用しています。

イワタ明朝体オールド

三浦　書体、天地左右の余白、行間などからも独特の雰囲気を感じます。レイアウトはどういうふうにされていますか。

上野　デザイナーではなく編集者としてですが、組版もしています。読みやすく、わかりやすい本をつくることが大切なことです。著者から原稿を預かったとき、その原稿をどのように捉えるか。組版というものは、そこから組み立てていく作業だと思っています。私は、原稿というものはそもそも読めないものだと思っています。「読めない原稿」を「読める本」に仕立てていくということが、私にとっての組版なんです。原稿は読めないものだという感覚が、私にはあるのです。

三浦　あまりピンと来ない……

上野　頭で読むのではなく、身体で読むといったほうがいいかもしれません。原稿はカオスだと思う。編集者がそれを編んで読めるようにする。本の設計図をつくっていく。

あるとき、改行ってなんだろうと思ったんです。改行には二種類あります。ひとつは強制改行、もうひとつは自然改行と、私は呼んでいます。強制改行というのは、著者が自分の意志で改行をすること。自然改行は、決められた一行の文字数に従って自動的に起きる改行です。ですが決して「自然に」起きるのではなく、そこには意志が働いて、一行の文字数が決められている。その意志というのは、編集者の意志なのではないかと思うのです。編集者の意志が、一行の文字数と一頁の行数を決め、そのことによってどういう本の秩序をつくっていくのかを問われるのだと思います。

もうひとつ、行の発見というのがあります。たとえば歌集をつくるとき、一頁に二首組や三首組などの場合がありますが、頁のなかになんとなく配置するだけでは、歌集は成立しません。無数の行＝ラインのなかからその歌集にあう表現としての行を探し出すという組版の作業は、私にとっては、歌集を編むこと自体と大きく重なっているのです。そのことを私は「行の発見」と呼んでいるのです。

歌集にせよ詩集にせよ、まず読めないものとして読んでいく。そして原稿が発熱しているものを感じ取り表現していく。時間を経てさらに原稿を読みこんでいくと、そのとき受け取る世界が最初とは違うなと思う場合がある。この場合もう一度、一から組版をやり直す。それを繰り返すことで行を発見するんです。この本に一番あう表現はどの行なのか、それを具体的に摑まえるのが編集者の仕事なのではないでしょうか。ただし本になったものが絶対ということではありません。時が移ろいゆけば、私の感じ方も変わるし、社会の状況も変わりますから。それでも現在の最上な表現を発見して、本に定着させていきたいと試行錯誤しています。

三浦　『言葉の木蔭　詩から、詩へ』にも上野さんの意識がよく出ていると思います。サブタイトルの読点「、」も意識して付けたわけですね。

上野　宇佐見英治*さんの生涯を考えてつけた副題です。宇佐見さんは文筆家、思索家として戦後を歩まれました。辻まこと**や矢内原伊作***などと親交しながら、明澄な文章を修練してひとつの世界をつくられた。彼の出発点は短歌でした。宇佐見さんは歌人であり、詩人なのです。帝大を繰り上げ卒業で戦争に征かれ、東南アジアで悲惨な体験をされて、命からがら復員してきました。そのとき、短歌のありかたに疑問を持たれた。翼賛体制のなかで詩人や歌人がこぞって非人間的な、戦意高揚のためのうたをつくって、多くの若者を無残な死に追いやった。そのことに非常に憤りを持たれて、一度短歌をやめてしまった。そして、集団的狂気に抵抗しうるような日本語を築かなければならないと散文に身を置かれました。

『戦中歌集　海に叫ばむ』(砂子屋書房)というのは、タイ、ビルマを行軍中につくられた歌集なのですが、五〇年後、一九九六年に公刊されました。日本がまた戦争に傾いているという時代のにおいや雰囲気を感じられて、この歌集を世に

* 一九一八―二〇〇二年　詩人、文筆家

** 一九一三―一九七五年　詩人、画家

*** 一九一八―一九八九年　哲学者

問うたわけです。それから晩年に「詩」にかえっていき、辞世に「骸骨となりてまろやか世にいたり」をよみ、世を去っていった。そういった生きようから「詩から、詩へ」としました。「詩」を一度断念して、再び「詩」にかえるまでに戦後の長い時間を要しました。文筆家として旺盛な執筆時代にあたりますが、新しい散文を創造され、三浦雅士、堀江敏幸といった文学者に大きな影響を与えました。

宇佐見さんは戦争に征ったときに二冊の本を持っていきました。『万葉集』と、もう一冊は『立原道造詩集』です。なぜ立原道造*の詩集を持っていったのか。それは、ひとりの個人として生をまっとうしたいという思いからだった。そこに感動しました。

三浦　この本には柱がないですね。

上野　柱というのは何なのかということを考えるんです。本の決まりごとだからと配置するのでしたら、それは違うと思う。柱にはその頁が該当する章名などを記した見出しとしての役割があります。たとえば辞典などではあれば便利ですが、この本に柱はいらないと思いました。大事なことは文章と対峙することです。そこに柱という見出しは不要だと考えました。その本にとって何が必要なのかとい

＊　一九一四―一九三九年　詩人

うことを、その都度考え直しながら本を組み立てていくことが大切だと思っています。

新たな流通形態の模索

三浦　「かまくらブックフェスタ」について伺います。明治期に登場したとされる委託販売制はその後、本の流通の基盤になってきましたが、近年では既存の取次経由ではない流通形態も模索されています。港の人の始めた「かまくらブックフェスタ」もその一つですね。

上野　二〇一一年秋に「かまくらブックフェスタ」を始めました。鎌倉を拠点にして出版活動を行っていますので、秋の本祭りというか、本を通じて地元の人との結びつきを深めていきたいということが一つの大きな動機です。また本のつくり手と読者が顔を合わせて、本や活字の世界を語り合う場ができたら、という希望もありました。出版社どうしの横の繋がりをもつなど、売上の額だけでなく目に見えない成果を大事にしていきたいと考えています。アノニマ・スタジオという出版社が東京で開催している「ブックマーケット」が、こういった本のイベントのはしりではないかと思います。それをヒントにして鎌倉でもできないかと思い始めました。ゲストを招いて本や文学にまつわるトークイベントも行い、地元だけでなく東京などからの客も含め、毎年二日間で千人近い来場者が集まっています。

三浦　最初は何社で始められたんですか?

上野　出版社八社と地元の本屋「たらば書房」さんにも参加してもらいました。最初は妙本寺境内にあるギャラリーを使って、一メートルもないブースに仕切ってやりました。参加する出版社は入れ替わりつつ、昨年は一四社でした。今年は例年使っている由比ガ浜公会堂の予約が取れず止めようかと思っていたところ、京都での開催の話をいただきました。「かまくらブックフェスタin京都」を一一月一七、一八日に京都の恵文社一乗寺店で行います。東京や京都、大阪の出版社から一〇社の参加が決まっています。

それぞれの本づくり――学術書と詩集

三浦　では僕の方から春風社の『石巻片影』(二〇一七年)と『カント伝』(二〇一

七年）の二冊を紹介しつつお話したいと思います。

上野さんは、最初に申し上げたとおり、僕が出版の仕事に就くきっかけを与えてくださった方です。ですから、僕にとって港の人は常に意識する出版社の一つです。上野さんの本づくりを事あるごとに勉強させてもらい、参考にしながら、では春風社はどのようなあり方があるのかということを意識してきました。春風社としては学術書を中心にするということをますます打ち出していこうと思っています。

『石巻片影』を刊行したのは、東日本大震災がきっかけでした。学問・学術が研究室の外に出たときに、どう人を裨益するのかということを、いつも考えていきたいと思っています。

もう一冊挙げた『カント伝』は、マンフレッド・キューン*というボストン大学名誉教授が書いたものの翻訳です。カントは一七二四年に生まれ、一八〇四年に八〇歳で亡くなっています。アカデミー版『カント全集』は亡くなって百年近くたった一九〇〇年に刊行が開始されて、まだ完結していません。

教育哲学者・林竹二《はやしたけじ》さんの『若く美しくなったソクラテス』（田畑書店、一九八三年）という本に、「知識による救い」という論考があります。知識によって人

* Manfred Kuehn　一九四七年—　アメリカの哲学者

間は救われるのか、と問われています。人間は、外にあるものを習得して自分の生きる力にすることができる、それが他の動物と違うと林さんは仰った。例えばビーバーは枯枝などを利用して非常に精密なダムをつくるが、それは生得のものであり、習得した技術ではない、人間は外にあるものを習得して今日や明日を生きる力にできるのだと強調されています。

そのことを踏まえて考えると、学術や学問というのは、カント研究のように、例えば百年二百年の長いスパンで考え、勉強し、また習得して、今日や明日を生きる力にしていくということではないかと思います。そういうイメージを持って、これからも春風社の本をつくっていきたい。

港の人のこれからを最後にお話しいただけますか。

上野 港の人は、詩集という書店でもっとも売れない分野、もっともさみしい分野に力を入れています。なぜ日本では詩が疎んじられているのか。年々、詩がなくなっていく。書店からも詩集が消えつつある。そんないまの詩のありかたはどうしてなのだろうか。詩の言葉が廃れてゆけば、社会は滅びの姿ではないか、そんなことを考えたりしています。詩のつくり手や出版社の問題であり、教育や文化、社会の問題でもあります。そのなかで、微々たるものであっても詩集を出していきたい。それが港の人のちいさな役目になればありがたいと思います。

宇佐見英治さんが戦地に『立原道造詩集』を持っていかれた話をしましたが、詩集は、死に一番近い書物だと思います。死に近く、生に近い書物なのではないかと思います。そのことを大切にしながら、これからもちいさな花火を打ち上げていきたいです。

三浦　今日はどうもありがとうございました。

春風新聞　二三号（二〇一八年秋冬）

「学ぶ」について

昌益の学び、昌益に学ぶ――

石渡博明×三浦衛

二〇一九年三月三一日、横浜市教育会館にて、「安藤昌益の会」事務局長の石渡博明《いしわたひろあき》氏をお招きし、春風社代表の三浦衛と対談しました。

春風と野

石渡　お招きいただきありがとうございます。私は「安藤昌益の会」のほか、東京の板橋にある、社会福祉法人国際視覚障害者援護協会の理事長も務めています。アジアからの視覚障害の留学生を支援する団体で、日本の盲学校で鍼灸・マッサージを勉強し、自国へ帰って自立・社会参加してもらうということをやっています。

「安藤昌益の会」は『直耕』という機関誌を出しています。三六号では「江戸時代に安藤昌益が障害者をどう見ていたか」を、最新号の四〇号では、「江戸時代の国際人」としての安藤昌益の立ち位置について書きました。

三浦　春風社は一九九九年一〇月に創業し、ただいま二〇期の半分過ぎた時期に当たります。諸橋轍次《もろはしてつじ》*の『大漢和辞典』（大修館書店）をひらくと、「春風《シュンプウ》」について「和ぎ暖かであるから、恩恵の深い喩」「萬物を發生するから、人を教育する喩」と説明があります。私どもは、「野《や》にある出版社」として学術書を出すことが、いまの時代においてますます意義があると考えています。研究室や大学の中で行われた研究が外に出て行ったときにどのような意味・意義を持つのか。ま

＊　一八八三―一九八二年　漢字・漢文学者

た逆に、外で浴びた風をどう研究室の中で昇華し、記述していくのか。この「春風」と「野」というイメージを大切にしながら、今後も学術書を刊行していきたいと考えています。

石渡博明さんは一九四七年、横須賀市のお生まれ。東京教育大学を中退後、経済協力団体勤務のかたわら安藤昌益研究に携わり、「安藤昌益の会」の事務局長を務めておられます。農山漁村文化協会（農文協）から出ている『安藤昌益全集』の編集・執筆にも携わってこられました。

今日のテーマは、「「学ぶ」について――昌益の学び、昌益に学ぶ」です。安藤昌益がどんなふうに自分の学びを展開していったのか、江戸時代の人である昌益から今の私たちが何を学び取ることができるのか、石渡さんに伺いたいと思います。

安藤昌益について、『広辞苑』（岩波書店）によりますと「江戸時代の医者で社会思想家、万人の平等を唱え、万人が農耕に従事する自然性を理想とした」との説明があります。「守農太神《しゅのうたいじん》」ともよばれました。「農業を守る神様」と尊称される人物です。

安藤昌益と秋田

三浦　安藤昌益*は現在の秋田県大館《おおだて》市の生まれ。「安藤昌益」と聞いて（秋田出身の）僕が思い浮かべることからお話させてください。

まずは秋田県立金足農業高等学校です。去年（二〇一八年）の夏の甲子園大会で準優勝しました。校歌の歌いっぷりはご覧になった方の印象に残っていると思います。

もう一つは、秋田生まれの農業指導者石川理紀之助。**秋田では「農聖」「秋田の二宮尊徳」とよばれ、安藤昌益と重なるところのある人物です。金足農業高校の校舎の前には石川理紀之助の碑があり、「寝て居て人を起すこと勿れ」という有名な言葉が刻まれているそうです。自分で行動せず人に指示してやらせることを嫌い、みずから手本を示すタイプの人だったようです。昌益と同じく、秋田という風土的なものの影響があるのかもしれません。

さらに個人的な思い出として僕の父親のことがあります。金足農業高校出身で今年で八七歳になり、いまも米作りに勤しんでいます。僕が大学の経済学部に入ったころ、夏休みに秋田に帰り、大学で何を勉強しているか父に話しました。父

＊　一七〇三―一七六二年

＊＊　一八四五―一九一五年

は黙っていて、秋田弁でボソッと「田植えのひとつもでぎねぇくせに……」と言いました。「偉そうなことを言ってるな」ということでしょう。

石川理紀之助には「寝ていて人を起こすことなかれ」という言葉があり、安藤昌益には「直耕」という考えがあります。万人が農耕に従事することが理想であるというこの考えの中に、言葉ではなく行い、とりわけ農業ということが非常に強く打ち出されています。僕の中では父の言葉がこれらに重なります。

安藤昌益については、『安藤昌益全集』（農文協）のほか、入手しやすいものとして、東洋文庫から『稿本 自然真営道』、岩波文庫から『統道真伝』（上・下）、また岩波新書からE・ハーバート・ノーマン*の『忘れられた思想家――安藤昌益のこと』（上・下）が出ています。石渡さんご自身が著されたものとしては『安藤昌益の世界――独創的思想はいかに生れたか』（草思社）と、秋田とのかかわりにウエイトを置いた『いのちの思想家安藤昌益――人と思想と、秋田の風土』（自然食通信社）があります。

* Edgerton Herbert Norman 一九〇九―一九五七年 カナダの外交官、日本史学者

世界史の中の安藤昌益

三浦　石渡さんは、お勤めをしながらライフワークとして安藤昌益について学んでこられ、全集の編集にも携わり、現在でも『直耕』という機関誌を発行しておられます。

石渡　「ライフワーク」とおっしゃいましたが、それは結果としてそうなったものです。最初から決意して取り組んだわけではなく、渡世の義理や成り行きでここまで来たというのが実情です。

安藤昌益はハーバート・ノーマンの書名の通りの「忘れられた思想家」で、今は中学・高校の教科書に名前だけ出てくるくらいで、ほとんど知られていない。非常にもったいない気がします。大袈裟に言うと、私は安藤昌益を世界記憶遺産に登録したいと思っています。途中から私は安藤昌益に惚れてしまったものですから。

江戸時代に、西洋的な思想の積み重ねとは違ったところで、東洋の歴史、東洋の思想的な積み重ねの中からいわば突然変異的に昌益という人が出てきた。ただ、学問の伝統からすると突然変異ですが、普通の庶民、農民からすると、私たちが普段考えていること、ごくごく当たり前のことしか昌益は言っていない気がします。

そういう意味で、さきほど紹介された『広辞苑』の説明も昌益の思想のくくり方としてひとつありうると思いますが、私としては、「江戸時代に、現代に通じる平和学を構築した人」だと思っています。

以前に私は東京の千住にある経済協力団体で働いていました。アジアやアフリカ、ラテンアメリカから、日本へ技術の勉強に来る人たちの世話をする、経産省の外郭団体です。その研修旅行で京都に行き、立命館大学国際平和ミュージアムを知り、後日、そこを訪れました。そこには、平和の反対概念は戦争ではなく暴力だという、ノルウェーの平和学者ヨハン・ガルトゥング*の言葉があったんです。彼は、平和の反対の概念として「暴力」を考え、戦争、虐待、拷問といった「直接的暴力」、支配や搾取などの「構造的暴力」、そして社会構造の矛盾に人々が気づかないようにする「文化的暴力」の三つを挙げています。この言葉を見たとき、安藤昌益が生涯をかけて言っていたことはこの暴力の三類型そのままじゃないかと、びっくりしました。

それから私は安藤昌益を、平和で平等な社会を希求した人物だと考えるようになりました。要するに、人の労働を踏み台にしていい暮らしをするのではなく、自分が汗を流して食い扶持を手に入れる。農業を大事にし、自然と触れ合い、生

* Johan Galtung
一九三〇年―

命を常に感じながら生きていくことを昌益は説いていた。ここでいう農業は漁業や林業も含む第一次産業のことです。平和で平等な社会とは、単に戦争がない状態ではなく、暴力のない状態を指しています。

三浦　ハーバート・ノーマンの『忘れられた思想家』（原著一九四九年）は世界史レベルで安藤昌益を位置づけている本です。ノーマンによれば、安藤昌益は徳川時代の日本社会を客観的かつ批判的に観察し、それを解体されつつある体制と見たただ一人の思想家でした。日本の封建社会を批判的に見ることについて彼を超える人間はいないと言っています。ときに批判的な言葉があっても、全体を読むと、安藤昌益に対するノーマンの深い愛情がひしひしと感じられます。

その一方で、『統道真伝』の奈良本辰也**さんによる解説を見ると「儒教についても、仏教についても、同じようなことがいえよう。徂徠***や仁斎****ほどの学殖もなければ山片蟠［ママ］桃*****ほどの仏教の理解もないのである。その一つ一つをとれば、彼の学者としての地位はせいぜい二流どまりだろう。あるいは、はっきりと三流の田舎学者といった方がよいかも知れない」と手厳しい。ノーマンにもそのような言葉がないわけではない。例えば「昌益を純朴な田舎医者と考えたい」と書いています。

** 一九一三―二〇〇一年　歴史学者

*** 荻生徂徠　一六六六―一七二八　儒学者

**** 伊藤仁斎　一六二七―一七〇五年　儒学者

***** 山片蟠桃　一七四八―一八二一年　商人、学者

マルクスでもレーニンでもなく

三浦　石渡さんと安藤昌益との出会い、昌益を知ったきっかけについて伺います。

石渡　私は一九四七年に横須賀で生まれました。父は米軍の石油タンク関係の職に就いており、同級生にも親が米軍に関係する仕事をしている人が非常に多かった。そういう環境で育った私には、横須賀は米軍と自衛隊のために非常に不健全な産業構造しかないという思いが強くありました。欧米的な価値に対して強い憧れと、もう一方で強い反発がありましたね。

そういう中で東京教育大学（現在の筑波大学）に入学し、巻き込まれていった全共闘運動は、私にとって非常に大きな意味を持つものでした。しかし私は党派というものが嫌いで、どこの党派にも加わったことはありません。彼らはやれマルクスだ*、やれレーニンだ**、そういうことしか言わない。運動に加わりながらも、もっと普通の言葉で世直しを語れないのかと感じていました。そんな折に、東京教育大学が警察管理大学となり、警官に学生証を見せないとキャンパスに戻れなくなったことに反発して大学を中退してしまいました。

大学では特殊教育、視覚障害者教育を学ぼうと思っていましたが、結局勉強は

* Karl Marx　一八一八―一八八三年　プロイセン王国出身の思想家

** Владимир Ленин　一八七〇―一八二四年　ロシア、ソビエト連邦の政治家

ほとんどできませんでした。ある先生から「視覚障害者教育は日本ではもう歴史が古い。今はそれよりも自閉症とか肢体不自由のほうが就職口がある」と言われた。自分が障害者教育を志したのは就職口のためじゃないのに……という反発もあり、「大学解体」を言っていた私にとって、大学に残ることは考えられなかった。

昌益を知るきっかけとなったのは、当時東京の高田馬場にあった寺小屋教室です。野にあっても大学の研究と拮抗できるだけの内容のある学びの場をつくろうと、片岡啓治さん***・清水多吉さん****・後藤総一郎さん*****らが中心になってやっていました。

後藤さんが柳田國男の民俗学、片岡さんがナチズムや精神分析学を教えられる中で、寺尾五郎さん******という方が安藤昌益の勉強会をやるという。金と人数が集まらないと講座を維持できないから来てくれと、中学・高校時代の友人から誘われました。

私は安藤昌益のことなど全然知らず、その講座で初めて出会いました。こんな人物が江戸時代にいたのか、西洋的な伝統のない日本で、マルクスやレーニンらとは違った風に人々の解放、平等、平和ということを言っている人がいるのかと、

*** 一九二八—二〇〇四年　ドイツ文学者

**** 一九三三年—　哲学者

***** 一九三三—二〇〇三年　思想史学者

****** 一九二一—一九九九年　歴史学者

それまで私がこだわっていたいろいろなものが解けてきました。昌益を自分にフィットする存在として感じました。

釈迦もだめ、孔子もだめ

三浦　昌益は既存の宗教や思想に対して、批判というよりほとんど否定してかかっている。例えば、聖徳太子もだめだし、釈迦も孔子もだめ、我々が古典として読んでいるものは全部だめだという。仏教でいうと日蓮だろうが親鸞だろうが道元*だろうが、軒並みだめ。要するに、農耕に従事しない人間が人様からお布施を受けているに過ぎぬではないか、権力者が農民を支配するための道具として仏教や儒学があるのではないかと、徹底している。

ところが安藤昌益の経歴を見ていくと、石渡さんの本にも書かれているように、若いときには仏教に傾倒し、自分の恩師から「悟りを得た」ことを認めてもらっています。それをのちに振り返って彼は「あれは愚の病であった」と言う。儒学についても、「濡儒庵先生」といわれるくらい孔子に心酔した時期があった。ところがその後がらっと変わっていく。その辺が実に見事というか、あきれるとこ

＊　一二〇〇—一二五三年　禅僧

ろです。
京都帝国大学文科大学初代学長を務めた狩野亨吉《かのうこうきち》は**、昌益に触れることによって職を辞し、市井の人、庶民として生きることになったと言ってもいいかと思います。ところがその狩野にして、埋もれていた昌益の原稿を初めて見たときに「この人は狂人ではないかと思った」と言う。それもむべなるかなという気がします。いったんは仏教や儒教に非常に親近性を感じていたのに、振り返って「あれは間違っていた」となぜ思うようになったのか。そのあたりをお話しいただけますか。

石渡　それは非常に難しい問題で、まだ本当のところは分かりません。たしかに昌益は若いころは仏門に入って修行し、そこで悟りを開いて師匠から免許皆伝を与えられる。八戸へ移ってからは、「濡儒庵先生」あるいは「大医元公」と呼ばれるようになる。八戸で最初に受け入れられたときは、医者としてより、儒学に造詣の深い人として評価されたんです。ところが、あるときから、「仏教や儒教はおかしい」となっていく。
そのきっかけは農民との出会いではないかと思います。医者として裸の人間を診たとき、上下貴賤はありえない。裸になればそこに何ら差はないわけです。ヨ

** 一八六五―一九四二年　教育者

ーロッパでも平等思想を持つ経済学者などには医師出身の人が結構いますし、昌益もそこで平等思想の一つのきっかけを得ているのではないか。

安藤昌益は大館のいわば草分け百姓の次男として生まれ、京都へ上って仏教を修めましたが、途中で「悟りなどは心の迷いだ」と転身して医学の勉強をします。当時の医学は儒学と結びついていました。医者としてそれなりの地位も名誉も腕も身につけた昌益は八戸に行き、町医者にもかかわらず、腕をかわれて藩命で藩の賓客を治療したり、家老などの医療相談にあずかるようになります。当時は患者のところへ医者が出かけていましたから、要するに、農民のところにも行けば藩主や家老のところにも行くという中で、住んでいる家やそこで供されるものの違いによって、社会が非常に階級的なものだということを間近に見たわけです。

じゃあ、自分はどうなんだ。長男のみが家督を継ぐ江戸時代にあって、百姓の次男は勉強して医者や学者になり成り上がるしかない。昌益はまさにそういう人物でした。故郷では兄が草分け百姓の安藤家を守り、社会を支えている。それに比べて自分は……と今までの生き方をとらえ返し、根源的な人間のありようを考えたのではないかと思います。

ただ、これは文献的に確証できることではありません。私としては、安藤昌益をそのような人物として見ているということです。

平等思想の源泉としての医学

三浦　ノーマンも、昌益ががらりと変わったことについて、農民のありようをつぶさに見ていたことと、医者であったことが大きいのではないかと書いています。洋の東西を問わず、医者、つまり人間の体や心に直に接している人たちが平等や平和の思想を持つというのはとてもおもしろいですね。

石渡　安藤昌益の医学は従来の東洋の伝統医学に基づいています。日本の近代医学の突破口になった解剖学をはじめ、西洋医学を全く知らなかった。彼が長崎に行ったことがあるかどうかも昌益研究のテーマの一つですが、私は昌益は西洋医学には触れていないと思います。

　ただ昌益の思想形成の中で非常に大きいのは、京都出身の長崎の税関吏であった弟子を通して、オランダ社会に対して強い関心を持っていたところです。オランダにおける一夫一妻制や共和主義的な社会のあり方に関心を寄せ、もう一方で、自然と共生するアイヌ民族にも共感を寄せていた。それが昌益の思想の一つの引き金になっています。

もちろんそれだけではなく、昌益自身が当時の医者として人々を広く診ていたことも重要です。特に、人間の根源は食欲と性欲であり、人間社会の基本は性愛だと考え、産科学に対して非常に先駆的なことを言っています。例えば「排卵周期説」。一般的には産婦人科医・荻野久作*が初めと言われていますが、実は安藤昌益はその一五〇年前、世界でも初めて説いています。また、人間は肉体だけではなく心を持った存在ということで、今でいう精神医学の開拓者でもありました。

東洋の医学は、基本的には国の長である皇帝、家の長《おさ》である家長の病をどう治すかを問題にしてきました。いわば男性の内科疾患をどう治すかが医学の基本でした。しかし昌益は、子どもをどう安全に産むのか、母親がどう難産を乗り越えるのかに医学の根本があると言います。「嫁して三年、子なきは去る」。つまり結婚して三年間子どもが生まれなければ女性は「石女《うまずめ》」と呼ばれ、離婚してもよいという時代に、昌益は不妊の原因は女性だけではなく男性にもあると言って「石男《うまずお》」という言葉をつくります。彼の唱える「男女平等、万人平等」の根底には、やはり医者としてのものの見方があったと思います。

身分制社会、階級社会の中で、平等に力点が置かれるのはある意味もっともで

＊ 一八八二―一九七五年

すが、昌益の平等論は画一論ではない。要するに、個性がなければ社会は成り立たないとも言っているんです。「自分と同じだから」といってそこに馴染んではいけない、「自分と違うから」と言って憎んではいけない、一人ひとり違うんだ、という個性の問題を、平等の問題と一緒に言っている。ここもすごいと思う。

学ぶことの本義

三浦 先ほども紹介しましたが奈良本辰也さんは「三流の田舎学者」と昌益を評し、彼の学問の間違いを逐一指摘しています。

これを読んだとき僕は、田中正造**が天皇陛下に直訴したときの新井奥邃の言葉「過ちを見て其仁を知る」(『新井奥邃著作集』第一巻)を思い出しました。論語の言葉としては、「過ちを観て斯に仁を知る」です。過ちは過ちかもしれないけれども、むしろ、情が深くて共感し、思いやりの心が深すぎて過ちを犯すことがある。田中正造が天皇陛下に直訴した。それはルール違反かもしれないけれど、なぜ彼がそういうことをしたのかを見なければいけない。いち早くそのことを奥邃は書いています。

** 一八四一―一九一三年 政治家

昌益は仏教や儒学に一時期非常に親近していたにもかかわらず、がらりと態度を変え、批判どころか否定してかかっていく。先ほど石渡さんがおっしゃったように、それは疲弊している農民たちの姿を見てやむにやまれずのことだったと思います。仏教や儒教の理解に少々の間違いはあっても、とにかく農民たちのことを思って記述したのでしょう。

当時においてはこれだけの批判は公にできないですよね。だから、八戸の昌益に身近なところで、共感をもって聞いてくれる人だけに話すことになり、余計に忘れられていくことになった。それが時を経て、狩野亨吉の目に触れ発見される。間違いは間違いとして、そういう間違いを犯してまでもなぜ強く主張したのか。その心を見ていくと、昌益という人間のおもしろさ、あるいはあっぱれさが見えてくるのではないかと思います。

石渡　私は奈良本辰也さんご本人と何度かお話したこともあるので弁護するわけではありませんが、奈良本さんは晩年、『統道真伝』の解説は書きすぎで、やはり昌益はそういうレベルの人間ではない」と明言されています(笑)。

厳しいのは吉川幸次郎さん**です。安藤昌益の文章を読んで、「こんな無茶苦茶な漢文を書く人間の言っていることなんか、私は一切認めない」と、文章から否

＊＊　一九〇四―一九八〇年　中国文学者

定されています。でもある意味それは昌益の名誉であり、そういう文章しか書けない人間が、非常に本質的なことを言っているのがすごい。だからこそ在野の意義があるのではないかと思います。

私は大学を中退しましたが、今話に出た田中正造も「大学廃すべし」と言っています。「帝国大学の学士中、おおくは忍耐力の一つは卒業せり。恥を忍ぶ、侮辱を忍ぶ、惻隠の心を失うを忍ぶ。醜汚を忍ぶ、人の財を奪うを忍び、人を殺すを忍ぶ。同胞兄弟に破廉恥を為すを忍び、国の亡びるを忍ぶ。この学生はこの忍耐力を卒業せり。地方教育、学生の精神を腐らす。中央の大学また同じ。学ばざるにしかず」と。要するに、人としての常識・人としての当たり前の感性を失うことに耐えることができた――卒業してしまった、というのです。今の日本の国会や権力のありようを見ていると、国際的にこれほど情けない、恥多い権力はないと、この言葉が思い出されます。やはり在野の人たちが、普通の人たちがものを考えて、世の中を変えていくことが大切です。まだまだ社会全体には声が届かないかもしれませんが、やはりそこにしか真実はないのではないかと思います。

昌益の研究は、ほとんど大学の研究者とは関係のない、在野の昌益ファンが営々としてやってきたものです。私自身も、そういう人たちとつながり、いろいろ学ばせてもらってきました。昌益の全集に携わり、「安藤昌益の会」も細々と続けています。八戸には二〇〇九年に安藤昌益資料館が開館しましたが、これも全く行政の力を借りず、八戸の心ある人たちがお金を出し合って、昌益の資料を収集して発信しています。大館には「大館市の先人を顕彰する会」があり、千住には「安藤昌益と千住宿の関係を調べる会」ができています。

学びというのは大学で勉強すること、研究することがすべてではなく、人生至るところに学ぶところがある。安藤昌益は、膨大な書物を読みながらも、本質的なものは何かを常に考え、目の前の自然や社会をリアルに見ることの中に真実が発見できるという考えでした。独学ですから不充分なところはあっても、やはり、二一世紀を生きている私にとって先達、先生となる人です。今後も昌益に学びながら、自分の生き方を模索していくつもりです。

三浦　石渡さんのお話の中で「世直し」という言葉がありました。教育学者で宮城教育大学の学長だった林竹二の言葉に、「学んだことの証しは、ただ一つで、何かがかわることである」というものがあります。それは自分が変わることでもあり、世直しということにも関係するのでしょう。変わるための学びはとても難しいことですが、それぞれの立場で学んでいくことが、生きることにつながっていくのだと思います。最初に申し上げたとおり、春風社はますます「春風と野」をテーマに学術書を世に問うていき、一人でも多くの人の学びを裨益《ひえき》するような出版物を刊行していきたいです。今日はどうもありがとうございました。

春風新聞　二四号（二〇一九年春夏）

知識と経験と勘

鍼灸の世界

朝岡和俊×三浦衛

二〇一九年九月一日、横浜市教育会館にて、
川崎市中原区にある「朝岡鍼灸院」院長の朝岡和俊《あさおかかずとし》氏をお招きし、
春風社代表の三浦衛と対談しました。

国語はビリ、日本史はトップ

三浦　私はもう一〇年以上朝岡先生にお世話になっています。春風社は九月末日をもって二〇周年を迎えますが、私が春風社の代表として「らしく」いられるのは、朝岡先生のおかげが大きいと感じています。

朝岡先生の商売道具は言葉ではなく、実際に人の身体を診《み》、処方していくのがお仕事です。先生といろいろ話をするなかで、身体だけではなく人とのつき合いについても教わることが非常に多い。例えば先生は、鍼灸院に問い合わせの電話があったとき、電話で相手の声を聴くことが診察の始まりだと言う。また患者さんが鍼灸院に入ってくるときに、どういう姿勢で入ってくるのかその立ち居ふるまいを見ている。

簡単に先生のプロフィールを紹介します。一九六五年生まれ。整骨院を営む父の勧めもあり仙台市の赤門鍼灸柔整専門学校入学、同時に東北学院大学経済学部入学。一九八七年に大学を卒業、一九八八年に専門学校を卒業し、鍼灸師、柔道整復師の免許を取得。鍼灸カイロプラクティック治療院、総合病院、整形外科を経て一九九五年に朝岡鍼灸院を開院されました。

先生は学校の勉強は好きではなかったそうですね。

朝岡　小学校一年生のとき、漢字の宿題をやるのが本当に嫌で、漢字ノートをハサミで切って書く量を減らして提出したら、先生にゲンコツでガツンとやられたことがあります。とにかく「勉強をいかにするか」じゃなくて「勉強をいかにしないか」の方に頭を使っていました。

字を読んだり書いたりするのが好きじゃなかったので、ずっと国語は嫌いな科目でした。高校生のときに国語の勉強を一切しないでテストを受けたら、一二点だったか、学年でビリになった。「日本人で、なんで一二点なんだ？」と先生に言われました。でも日本史は好きで、学年で一番でした。興味があることしか勉強できないんです。

三浦　今は勉強熱心ですね。

朝岡　辞書を引きながら鍼灸に関する英語の本も読んでいます。文章自体は難しくなく、専門の単語だけ知っていれば読めますから。興味があれば頭に入る。

三浦　ツボの名前は独特な言葉で、普通の本にはなかなか出てこない。先生がツボの名称を漢字の成り立ちから探っていこうとしていたので、私が諸橋轍次の『大漢和辞典』を紹介すると、先生はさっそく購入し活用している。私がいいなと思うのは、「仕事を通して本を読む」ということ。勉強のための勉強ではなく、必要に応じて、疑問を感じると本を読み、辞書をひく。そこに先生の実践躬行《きゅうこう》があると思います。

朝岡先生を見ていると『論語』の「行いて余力あれば、則ち以て文を学べ」という言葉が思い浮かびます。洋の東西を問わず、真理に近づけば近づくほど、言葉ではなかなか伝わらないと感得する人がいます。

「なんで君が諦めるんだ！」

朝岡　鍼灸師になったきっかけは、自慢できるような話ではないんです。実家が整骨院なので、父親が通った専門学校の柔道整復師の科に無理やり入れられ、「ついでだから鍼灸師の資格も取ってこい」ということで、本当になってしまった。

最初に勤めた鍼灸院は難病の患者さんばかりが来るところでした。テレビのニュース番組で毎週取り上げられるような鍼灸院で、一日一二〇人くらい、具合が悪い人が次から次に来るんです。でも、そこの院長は詐欺師でしたね。「朝岡君、気功の本を買ってきてくれ」と言われ、本を買ってきました。一カ月くらいしたら、その本にでていたドレミファ気功とかいう、わけのわからないのをテレビに出演してやっていた(笑)。僕はそこを半年で辞めましたが、具合の悪い人を毎日診ながら「何とかしなきゃ」とは思っていました。それが僕の志の第一歩です。

自分で鍼灸院を開いて二〇年近く経ったとき、村上裕彦《ひろひこ》先生の言葉が大きな転機になりました。埼玉・大宮の「尚古堂《しょうこどう》」という鍼灸院を開院されている、僕の恩師といえる方です。一〇年以上、そこの勉強会に通っています。

六年くらい前、脳脊髄液減少症という難病を抱えた少年の治療をしたことがあります。脊髄液が何らかのきっかけで漏れ、さまざまな不定愁訴が出てくる病気で、起き上がることができず、ただただ具合が悪い。小学校五年生で発症し、僕のところに来たのが六年生の春。それまでずっと寝たきりでした。最近は知られるようになりましたが、当時はこの病気自体が認知されておらず、「怠け病」だとか言われていた。どこの病院でも相手にされず、しまいにはある鍼灸院で「胃が悪い」と言われ、お腹にお灸をされたそうです。

発症のきっかけを聞くと、廊下の拭き掃除をしていたときに走ってきた友達に頭を蹴られたという。重度のむち打ちから脳脊髄液減少症になったらしい。それまで同じような人を二人か三人診たことがありピンときたので、「これは脳脊髄液減少症かもしれない。専門の○○病院か××病院へ行ってください」と勧め受診してもらった。案の定でした。「ブラッドパッチ」という、自分の血液を採って注射する治療法が三割くらいの人には効くのですが、その子にはあまり効かず、相変わらず寝たきりの状態が続いていました。症状は重いし、僕もこのまま診る自信がなかった。親同伴で一生懸命来院してくれても、治るという保証がない。少年を診始めて一年経ったころ、そんな話を村上先生にしました。

「もう断ろうと思います」と先生に話すと、「通っている本人が諦めていないのに、なんで君が諦めるんだ！」と、きつく叱られた。そこで、やるしかないと腹をくくった。新しい治療法をどんどん開発し、彼が中学を卒業するころにはようやく毎日学校に通えるようになり、高校受験にも合格し、高校生になってからは僕のところに来なくてもいいくらい元気になりました。結局、四年近くかかって治りました。なかなか治らない患者さんを診るのはつらいことですが、諦めなくてよかったと心底から思いました。

三浦　村上先生に相談するとき、「鍼灸師を辞めようか」とか考えませんでしたか。

朝岡　辞めたくなるときもありました。自分のステージがちょっと上がると、駄目な部分、足りない部分がいっぱい見えてしまう。がっかりして辞めたくなるときもあるけれど、そこで諦めないで、またどんどんステージを上げていかないといけない。

『鍼灸眞髄《しんきゅうしんずい》』という本

三浦　朝岡先生は資格を取るために勉強され、鍼灸院を開院してからもいろいろな本を読んでいるわけですが、なかでも何度も繰り返し読んでいるのが『沢田流聞書　鍼灸眞髄』（医道の日本社）という本だそうです。

朝岡　はい。

三浦　沢田健という人物を簡単に紹介します。一八七七年、大阪の武道一家に生まれ、青年時代に柔術を修行し、朝鮮で開業。一九二二年に帰国し東京で開業。鍼灸医学の発展に取り組み、太極療法（沢田流）を提唱。彼に師事した代田文誌《しろたぶんし》が著したこの本に、施術の実際、語録、考え方が紹介されています。初版が昭和一六年に出て、版を重ねています。沢田健が自分で書いた本ではなく、代田文誌という愛弟子が、沢田健が患者をどんなふうに治療していくのか、聞き書きに加え治療の実際を近くで見てまとめた本です。ツボの索引もついていますから、症状に合わせて索引を見ながら自分で灸をすえることもできる。私は専門的なことは分かりませんけれど、普通の鍼灸のツボとされているところとずれているところが結構多いですよね。

朝岡　多いですね。でもこの本は宝の山です。自分のステージが上がるごとに新たな発見があります。

三浦　本の読みとしても非常におもしろいです。一度読んで「分かった」とはならない。生きている人間を相手にしていますから、朝岡先生ご自身のなかでも変化がある。そうすると同じ本でもまた違ったふうに読める……。

　私が最初にこの本を読んだときの印象ですが、新井奥邃を読んだときとよく似ていました。道元の『正法眼蔵』にも似ている気がします。天才資質の人はあまり言葉で伝えようとしない。だから聞き書きのような形の本になる。『正法眼蔵』は道元本人が書いたものですが、弟子の懐奘《えじょう》が聞き書きしたものに『正法眼蔵随聞記』があります。大事なことはなかなか言葉で伝わらないということが、『鍼灸眞髄』にもたびたび出てきます。

　「第二回見学筆記」を少し読んでみます。

（昭和二年）十月二十一日。患者は東京帝大薬学部主任教授。薬学博士。朝比奈泰彦氏。年齢五十歳位。栄養不良。顔面蒼白。眼がわるいという。肝臓が前からわるく、眼もわるかった。諸方の医師に罹つたが眼がなほらなかつたらしい。先生の治療を受けてより著しく経過がよいのである。先生は背部を触診されながら――

『もう肝臓はようなりました。脾臓と腎臓がなほれば肝臓もなほつて了まいます。実に不思議なものですな。肝臓がなほつたら眼も良うようなつたでしよう。』

という。

『えゝ、大変具合がいゝようです。』

と患者が答える。

『眼科専門の医者なんてバカげたものですなあ。眼科ばかり診て一向内科を診んから眼が治らんのです。悪口など言い度くないけれど、あんまりバカげたことばかりやっているので、悪口を言わずにはをられんのです。』

（「第二回見学筆記」四七〜四八頁）

目が悪いのに、なぜ腎臓、脾臓なのか。鍼にかかったことのない一般の人にはわかりにくいと思うので、お話いただけますか。

朝岡　漢方では、五臓六腑は互いに助け合っているとされます。目は肝臓からエネルギーをもらい、肝臓は腎臓からエネルギーをもらっているから、肝臓を治すのには腎臓を元気にしてあげないといけない。肝臓は脾臓の働きを抑える働きがあり、肝臓が元気じゃないと脾臓が働き過ぎてしまうので、脾臓の働きを少し抑えて、腎臓を元気にしてあげると、肝臓がよりエネルギーをもらって治ってくる。それで目がよくなるという流れです。

三浦　朝岡先生のところに行くと、「このツボ、今週開発したんだ」と言われて、「本当かよ?」と疑わしい気もちょっとする。しかし実際に治療してもらうと痛みがとれ、具合がよくなっていく。不思議です。

全体のなかの人間

三浦　『鍼灸眞髄』の沢田健は、江戸時代に書かれた『和漢三才図会』をよく参考にしていました（平凡社東洋文庫から現代語訳で全一八巻）。中国の『三才図会』をベースに、寺島良安*という医者が書いたのが『和漢三才図会』です。「三才」とは天・地・人で、いわば宇宙・万物。江戸時代における百科事典といっていいと思います。

人間をとらえるにはトータルでなければならない、世界・宇宙のなかで人間も生かされている、という発想でこの本は書かれている。人間のことだからといって人間だけを見ていては駄目で、宇宙・万物のことを見すえながら、そのなかの人間、「全体のなかの人間」を見ようとしている。

春風社では人文科学、社会科学を中心にした学術書を中心に出版していますが、時代の要請ということもありましょうけれど、学問が高度に専門化し、かつてタコつぼ型といわれ、最近だとサイロ型といわれるような様相がますますひどくなっている気がします。下世話には、木を見て森を見ずというところでしょうか。沢田健の『鍼灸眞髄』や寺島良安の『和漢三才図会』は、そうしたいまの学問の

* 一六五四―没年不詳

根底を揺るがすものであり、東日本大震災の際に発せられた「想定外」という言葉の持つ驕りに一石を投ずるものであろうと思います。

『鍼灸眞髄』にはこういう箇所もあります。

或る時私（代田文誌）は先生より、

『あなたは和漢三才図会をよんだことがありますか。』

と聞かれ、何気なく『読みました』と答えた処、非常に叱られた。その際先生はこう云つた。

『今の人間は本の数さえ沢山よめばそれでよいと思つているが、それでは本当のことはわからん。三才図会のようなよい本になると、一通りや二通り読んだゞけでは駄目です。百ぺんでも二百ぺんでも読んで、生きた人間にあてはめて見て、わからん処のなくなるまで読まねばなりません。あなた方の読んだというのは、それは本当に読んだのではない。ただ眼で見たゞけに過ぎない。』

（「第二回見学筆記」一四三頁）

こう言われ、代田文誌は深く恥じ入り、顔から火の出る思いだったそうです。

「二・二六事件の黒幕」とも言われる陸軍大将の真崎甚三郎*も、沢田健に世話になりました。真崎が天皇陛下に会いに行かなければいけない前の日、肩が痛くて上がらなくなってしまい、沢田健に往診を頼んだ。

昭和九年七月廿八日の夜のことである、先生は一日の治療を終えられて八時頃から散歩に出られ、十時に帰つて来られた。（私も一緒にお供をした）すると一青年が来て待つていて、是非とも今夜代々木迄往診に来て呉れとたのむ。どんな症状かとたづねると『真崎甚三郎大将が昨日から腕の痛みで動くことも出来ず、明日是非とも、陛下の御前に伺候せねばならない要件があるのに困り果てゝいるのです。お疲れのところですみませんがどうぞお願いします』と云う

（「昭和九年筆記」二五二頁）

そこで真崎大将を治療すると、嘘のように治って、天皇陛下に翌日会いに行くことができたと。一緒について行った代田文誌は、そのエピソードの最後に、

＊　一八七六—一九五六年

「なほついで乍ら、随行者として私の感想を付記すると先生が権勢にも地位にも少しもおもねるところなく思いの儘に所信を述べられる高潔なる態度にはいたく感じ入つた。治療の妙技もさること乍ら、人間としての態度に於ても実に立派であつた。まことに東洋古医道の権化とも云うべき高き品格をそなえていられた」と書いています。

知識と経験と勘、そして志

三浦　この対談のタイトルの「知識と経験と勘」は朝岡先生の言葉です。私が最初に考えたのは「言葉と言葉以前」だったのですが、朝岡先生は「やっぱり知識と経験と勘なんだよなぁ」とボソッとおっしゃった。知識を習得して資格を得た上で、実地で人間と接して、経験を積んでいくなかで検証しないといけない。それでもまだ足りなくて「勘」という話をされた。

「勘」について、沢田健はどう言っているか。

先生は秘伝といふものは持たれなかつた。いつも秘伝を公開してゐたのであるが、惜しいかな、それを会得するものが少かつたのである。先生の言葉には言外の意がこもつてゐた。以心伝心でなければわからぬ処が多くあつて、これだけは文字でも言葉でも伝へ難いと嘆いてゐられた。この文字でも言葉でも伝へ難い、ただ勘でわかるだけだといふことを（シダ類の研究者として有名な）緒方正資教授の来られたときに話していられたが、一道に達したお互ひの中では、以心伝心的にわかつてゐるらしかつた。

『山のここら辺のところにあるだろうと思つて、大体の見当をつけて探すと、大抵そこに羊歯類の特殊なものがあつて、見当がよく当るのに驚くことがある。全くそれは不思議な位です。』

緒方教授がこんなに言はれると、先生は大きくうなづいて、

『わしもお灸のツボが、この辺に出てゐるだらうと大体の見当をつけて手をもつてゆくと、大抵そこにツボが出てゐるのです。』

と云つて答えられた

（附録四四～四五頁）

このような「勘」について、朝岡先生なりの感覚はありますか。

朝岡　沢田先生は直接触れず手をかざしただけで、「ここが悪い」「ここに熱がある」「ここが冷えている」とか分かったらしいですけれど、僕はそこまでじゃないですね。五臓六腑を診るポイントは脈やお腹にあって、免疫の反応や、瘀血《おけつ》という血の流れの反応は触れば分かります。ツボは教科書どおりのところにはない。教科書はあくまでも目安です。僕は集中すると目が刺さってしまうから、そこに針を刺す。

三浦　目が刺さる？　どういうことですか。

朝岡　「ここがツボだ」と分かったら、そこから目が動きません。そこが絶対ツボなんです。

三浦　理屈では分からないですね。その「目が刺さる」感覚は、鍼灸師を始めた最初からあるものですか？

朝岡　最初からです。目の見えない人はもちろん触って感じるのだろうけれど、目が見える人は目で取っていいだろうと、もともと思っていました。目も五感の一つなんだから。

三浦　素人感覚では全く分からないところですね。

朝岡　知識だけじゃ駄目、経験だけじゃ駄目、勘だけじゃ駄目で、この三つがそろうとうまく出来たり、新しいことを思いついたりする。さらに加えれば「志」が必要です。いろいろな鍼灸師がいますが、難病の人、他所で治らないような病気の人を何とか治したい、治ってほしいという気持ちがないと、いくら教えても駄目です。気持ちや志がやっぱり大事だと思う。

三浦 先ほどの村上先生の言葉のように、諦めちゃ駄目だということですね。

心と身体の見えないつながり

朝岡 僕の妻の実家は宮城県の南三陸町で、東日本大震災の津波で多くの人が亡くなりました。妻の実家は一階に養殖いかだがいっぱい刺さってもう住めない状態だった。何とかリフォームして今は住んでいますが、すぐ近所は家が全部流されてしまったところもあります。

震災から一年が過ぎたころのある日、千葉の浜辺をドライブしていました。波を見ていたら震災を思い出し、亡くなった方のことを思って浜辺で手を合わせました。その帰り、身体がどうしようもなく重くなった。日が経つにつれどんどん重くなり、しまいには患者さんを診ながら、空いているベッドで寝ていないといられないような状態になったんです。「ふつうの状態じゃない。だれかが僕の身体のなかに入っているから重くなっている」と思いました。鍼灸には「霊台」と「神道」と呼ばれる、霊にかかわるツボがあります。帰宅してから、その二つのツボに妻にお灸してもらって、階段を這い上がるようにして二階の寝室に上がり寝ました。翌朝、もう身体がすっかりよくなっていました。信じる、信じないは別として、そんなことが実際あるんです。

三浦 ツボの名前が漢字なのは、そういう意味でもおもしろい。「霊」や「神」という言葉が含まれている。

朝岡 おもしろいですね。字面を見れば何となく分かるから面倒な説明をしなくてもいい（笑）。

三浦 痛みがとれれば、それでいい。

朝岡 そうそう。臨床だから結果オーライ。よくなった者勝ちですから。

三浦 身体をよくすると心がよくなるのか、それとも心が治ってくると身体にいい影響があるのか、どちらでしょう。

朝岡 どちらも言えますね。難しいな（笑）。

三浦 私はうつ病を患ったときに朝岡先生に診ていただいたことがきっかけで、

ずっとお世話になっています。骨折してうつ病になって、あのときは本当に「藁をも掴む」という気持ちで「何とかもう少しよくなりたい」という時期でした。朝岡先生にお腹を触られた。かなりよくなって、私も話ができるようになってから先生が言うには、最初に診てもらったときの私のお腹は「ベコベコだった」ということです。

朝岡　当時の三浦さんには腎の気がなかったですね。「五行色体表」というものがあります。漢方では五臓六腑の五臓に対応して五志というのがあり、肝臓が「怒る」、心臓が「笑う」、脾臓が「思う」、肺が「憂う」、腎が「恐れる」。五臓をしっかり元気にしてあげないと、そういう感情のほうも抑えられない。そういう見方をします。

三浦　『和漢三才図会』や安藤昌益のような江戸時代の医者たちの考え方にならって、宇宙・天地万物のなかで私も生かされているのだとすれば、やはり内臓もそれぞれつながっているし、私も外の世界と何らかのかたちでつながっているのではないか。心と身体にも、見えないけれどつながりがあるのではないかと感じます。

沢田健に言わせると、東洋では精神というのは心臓と腎臓だそうです。これは心臓と腎臓の機能や関係だけではなく、そこから派生し、身体だけではなく心にまで影響を及ぼす諸々のことを合わせて言っているのだと思います。

私は、週に一度朝岡先生に診てもらって、このごろは「今週はおかげさまで平穏に過ぎました」と申し上げることが多くなりました。心と身体と頭がバランスをとりながら、こうやって仕事を続けていられるのは、先生のおかげが大きいです。お灸は「一壮、二壮」と数えるそうですが、朝岡先生に紹介してもらった千壮入りのお灸を買って自宅でもお灸をしています。『鍼灸神髄』に「体質改善」という言葉が何度か出てきて、体質改善には時間がかかると強調されています。即効性はなくても長く続けるのが大事ではないかと思います。

今日はどうもありがとうございました。

春風新聞 二五号(二〇一九年秋冬)

叡智の人　森田正馬にきく

森田療法の誕生——

畑野文夫×三浦衛

二〇二〇年三月二九日、横浜市教育会館にて、
講談社インターナショナル元社長で、
『森田療法の誕生——森田正馬の生涯と業績』の著者でもある
畑野文夫《はたのふみお》氏をお招きし、春風社代表の三浦衛と対談しました。

森田正馬と鈴木知準

三浦　森田正馬《しょうま》は一八七四年に高知県で生まれ一九三八年に亡くなった精神科・神経科医で、神経質に対する精神療法である「森田療法」の創始者です。「神経衰弱という病気はない。それは「神経質」という状態だ」というのが森田の独特な捉え方です。

今日お越しいただいている畑野さんは、その森田正馬の三五年にわたる日記を丹念に読み、評伝『森田療法の誕生』をまとめられました。一九四〇年、東京生まれ。早稲田大学卒業後は講談社に入社され、美術局長、取締役総合編集局長、常務取締役、講談社インターナショナル社長などを務められました。ご自身の森田療法体験を含め、自己紹介をお願いします。

畑野　森田療法では「体験」が重要な要素になっています。私がこの本を書いたのも、森田療法を実際に体験して、「日本生まれの世界的な精神療法をもう少しわかりやすく世に伝えたい」と思ったからです。森田療法そのものからして、森田自身が一五歳で心臓神経症になり、それから一五年間さまざまな症状で苦しんだという体験がなければ生まれなかったでしょう。

私は二二歳のときに七九日間、森田療法の鈴木知準《とものり》先生のところに入院しました。知準《ちじゅん》先生の名で慕われていた方です。この鈴木先生も中学生のときに森田のところに入院しました。

三浦 畑野さんは森田療法の勉強会である正知会《しょうち》の会長も務めておられます。「正知会」の「正」が森田正馬の「正」で……

畑野 ……「知」は鈴木知準の「知」。森田療法を受けた「卒業生」を集めた六〇人ほどの会です。鈴木先生も神経質に悩み入院し、その後、森田の勧めで医者になりました。東京大学医学部に入り、内村祐之《ゆうし》*という内村鑑三**の息子のもとで精神医学を学んでいます。

実体験から

畑野 私の神経症は、森田療法の世界では「神経質」と呼びます。人の性格を表す「神経質」と同じ言葉なので間違いやすいのですが、森田は『神経質』という言葉が最も正しい、近い症候分類である」と主張し、神経質の範囲に、普通神経症、発作性神経症、強迫神経症の三つを挙げています。普通神経症は、例えば

* 一八九七―一九八〇年

** 一八六一―一九三〇年　キリスト教思想家

「ちょっと胃腸の具合が悪い。胃が悪いんじゃないか」と気にして悩む胃腸神経症のようなタイプ。発作性神経症の代表的なのは「心臓発作を起こしそう。そのために死んでしまうのではないか」というような恐怖に襲われるタイプ。強迫神経症は普通の神経症にひとひねり加わっている、やや複雑なタイプです。

私は強迫神経症のなかの対人恐怖症になりました。高校二年生の一六、七歳のときです。生徒会の議長を頼まれ、半日がかりの長い会議になり、終わったときに疲れ果ててしまった。「長くなったのは、自分がうまく会議をリードできなかったからではないか」という思いにとらわれ、その日から突然、対人恐怖症になってしまった。

「家に帰るとき、近所の人と出会ったら何か挨拶しなければいけない」と思うと苦痛になり、人と目が合うのを避けて逃げるように帰る。ただ思うだけであれば別に悩みにはならないのですが、「こうであってはいけない、何とかしなければならない」という気持ちが強迫的に出てきて、悩んでいる部分に注意がいく。そこに注意が向かうと不快感が高まり、それが溜まれば溜まるほどさらにそこに注意がいく、という悪循環の繰り返しでした。これを森田は「精神交互作用」と呼んでいます。注意と感覚が強まることを繰り返しどんどん深みにはまっていくという心のメカニズムがあり、先天的に、そうなりやすいタイプの人間がいるのです。森田は「過敏な性質と、『病は気から』と言うが、病気を気にしやすい性質、この二つの性質をあわせ持つ人がなりやすい」と言っています。

同じ強迫神経症であっても症状は千差万別、どこに注意がいってそうなるかは人によってまちまちです。それらをひとくくりに「神経質」として名付け、その治療法を開発した。これは大変なことだと思います。

高校二年生の二学期、大学の受験勉強を始めなければいけない時期になりました。そうしたら今度は勉強恐怖症になってしまった。対人恐怖症と同じ心のメカニズムで、参考書を一頁読んで二頁目、一行読んで二行目に進むときに、その前の行、前の頁が思い出せない。そういう思いにとらわれ、恐怖に襲われた。絶望的になり「このまま生きていても仕方ないのではないか」とばかり考えるようになります。もがけばもがくほど蟻地獄のように深みにはまっていく感覚……。

三浦　「もがけばもがくほど」と仰いましたが、これは仏教用語にもある「繋驢《けろ》桔《けっ》」の状態でしょうね。

畑野　はい。驢《ろ》馬《ば》が紐で杭につながれている状態で、そこから逃れようともがくが、そうすると余計に紐が杭に巻きつき、ますます身動きがとれなくなる。要するに、解決しようとすればするほど、解決できなくなる状態を指す言葉です。理性や意志の力で感情を何とかしようとすると、むしろマイナスの効果しか生まない。当時高校生だった私には全く闇のなかの世界で、心底困り果てました。

それでもどうにか大学に合格でき、最初は授業に出ていたのですが、せっかく予習していっても、先生に当てられると緊張してしまい頭が真っ白になり、人前で何も話せない。「これではとても大学生活は送れない」と悩みました。

あるとき、鎌倉の円覚寺の朝比奈宗源という老師が、学園祭に講演に来るというので、聴きに行きました。内容よりも「大勢の前で話をしている態度がすばらしい」と思い、その数カ月後に円覚寺で大学の座禅会接心があるということを聞いて参加しました。一日一〇時間も座り続けるとても厳しい修行ですが、七日間泊まり込んでやりました。そうしたら、すっかり治ってしまった。まるで雲の上でも歩いているような感覚でした。「これですっかり治った」と思いました。

ところが一週間後、雲の上からドサっと、文字通り地上に落ちるような気分を味わい、全く元に戻ってしまった。

「これは座禅では治らない、ひょっとして体を鍛えれば心にも影響があるかもしれない」と考え、夏休みに北海道で農業の手伝いをさせてもらったのですが、肋膜炎にかかってしまい高熱を発して入院。三ヵ月間絶対安静ということになりました。

「自力更生は無理だ」と悟りました。そのころです。森田療法というものがあると知り、森田のところに入院した体験があるという鈴木先生に目星をつけ相談に行きました。そこで言われたのが、「君のは、典型的な強迫観念の対人恐怖症だ」。

三浦　それが二二歳のときですね。

畑野　はい。体を壊して三ヵ月間寝ていたものですから、留年して二年生をもう一度やり直していた時期です。「二ヵ月入院すれば治る。授業が始まる前の日まで入院していなさい。君のためにはそのほうがいい」と言われ、七九日間入院し、それから退院することになりました。

大学の授業に出ましたら、何と、入院する前と全く同じような恐怖感に襲われました。「一体これは何だろう?」。二ヵ月以上森田療法を受けたのだから治ったはずだと、つまり「授業に出ても、前とは違う感じがするだろう、もっと平気でいられるだろう」と思っていたのに、豈図らんや、感覚が全く変わっていないではないか。

ところが不思議なことに、以前ならそこで教室から逃げ出していたのですが、今度は逃げ出さなくてもよかった。毎日大学に通えるようになり、そのうち不安や不快感がなくなっていった。次の年には新しい友達が次々できて、楽しくなっていきました。

その後、森田療法を受けてちょうど三年後に講談社に就職しましたが、仕事のほうが大変で、恐怖症のことはときどき思い出すくらいで、不安感はほとんど無くなっていました。それでもまだ何か残っているような感じがし、もっとすっきりしないものかという思いが少し残っていました。ただ、退院してから一五年経ったある日、ふと気がついてみたら、「もっと完全になりたい」という欲も不思議と消えていました。それ以来、全く変わりません。

森田療法では、外科的な治療で病気が治るのとは違いますから、自分としては変わった気がしません。私自身は全くもとのままなのに、不安だけがなくなった。そんなことから「これは何とも興味深い精神療法だな。いずれ本にしたい」という希望を持っていました。そんなときに鈴木先生が亡くなられ、たまたま遺品のなかに森田の日記があることがわかり、息子さんから譲ってもらい読むことができました。これが大変おもしろい。一年間かけて一七冊のノートを読み、一冊の本にまとめることができました。

三浦　この本のおもしろさの背景にあるのは、畑野さんの実体験ですね。どんな精緻な論述よりも、実際の体験には敵わないと思いました。実体験の迫力と、森田の日記を丹念に読まれたことから見えてくるものに深い味わいがあります。

死への恐怖

三浦　森田の人物について、「森田正馬は確かに画期的な精神療法を開発したが、哲学・文学・芸術への興味関心はそれほどではなかったのではないか」という人もいます。ですが畑野さんは「決して興味関心が薄いとは言えない。日記を丁寧に読む限り、むしろ非常に関心が強かった」と仰っています。

森田自身が子どものころに恐ろしい「体験」をしていて、それが森田療法を生み出していく力になったのではないかということですね。九歳か一〇歳のころ、村の寺で極彩色の地獄絵を見たという。

畑野　森田は、かなり豊かな農家の長男として生まれました。近くに真言宗の金剛寺という菩提寺があり、よく遊びに行っていた。母親の性質を受け継ぎ、非常に信心深かったようです。今はもうその絵は残っていませんが、「たまたまお寺にあった地獄絵を見て、子ども心に、死への恐怖に襲われた体験がある」と書いています。

それから何年か経ち、一五歳のときに心臓発作（心悸亢進発作）を起こし、医者に言われて一年間中学校を休学しています。その後も頭痛や神経痛に襲われたり、脚気の診断をされたりした。森田本人によると、「その後なくなったので、それらはすべて神経質の症状だった」ということになります。

森田は一五歳から三〇歳近くまで神経質の症状で苦しんでおり、その体験がなければ精神医学の道には進まなかったのではないかと思います。子どものときに死の恐怖に襲われたこともあり、哲学志向が強かったようです。その一方で、手先の利く父親の影響からか、物を作るのが巧みな器用な人でした。明治という時代の風潮もあるでしょうが「哲学では国のためにならないのではないか。国に役に立つのは工学では」と考え、工学部に進もうとした。そうしたら、父親から経済的に無理だと反対され「岡山医専に行け」と勧められた。「医者は嫌だ、医学は嫌いだ」と逆らい、工学をやるために何としても高等学校へ行くべく親と半年間話し合いました。ところが、父親は相変わらず反対し、結論は出ないままだった。

そこへちょうど、中学校の先輩で大阪で医者として成功した人から「養子になってくれたら、大学卒業までの奨学金を出す」という願ってもない話が舞い込んだ。その話に飛びつき熊本五高へ進むことになりました。「高等学校へ進めれば何でもいい」という態度で、最初は乗り気でなかった医学コースに進学し、自身の神経質の体験があるものだから自然に精神医学の方向へ進みました。

三浦　のちに森田療法という画期的な療法を開発していく根本に、子どものころ地獄絵を見て死への恐怖に襲われたという体験があったかと思うのですが、非常に繊細で敏感なタイプだったのではないでしょうか。

畑野さんの本でいえば、当時は、呉秀三、藤村トヨ、フロイト、クレペリン、モンテッソーリらが同時代人でした。他にも、例えばウィリアム・ジェイムズは心理学と哲学で意識の流れを、ベルクソンは生きた現実の直観的把握ということを説いた時代です。呉秀三は、クレペリンの精神医学を学び、従来の精神病に対する発想を転換させました（ちなみに呉秀三は夢野久作の『ドグラ・マグラ』に登場する呉一郎のモデルになっているようです）。そういう意味でこの時期は、二〇世紀の始まりにあたり、「ベル・エポック」「モダニズム」などと呼ばれ、さまざまなジャンルで大きく変化していく時代でした。森田もそういう時代の影響は多かれ少なかれ受けているでしょうけれど、既存の学派に属するのではなく、「森田療法」という画期的な療法を編み出していった第一の理由として、やはり自身の実体験が大きかっただろうと想像します。

森田療法の誕生

三浦 森田療法は急にできたわけではなくて、いろいろな人からの教えや影響があったと考えられます。しかし画期的だったのは、巣鴨病院の看護長だった永松アイを森田の自宅に住まわせて療治したことでしょうか。

畑野 そうですね。森田が医師として勤めていた巣鴨病院には東京帝大精神科の医局がありました。そこの看護長の永松アイが神経衰弱でとても仕事ができないということで、「家に来て静養しなさい」ということになり引き取るんです。一九一九年四月のことです。友人の内科医に診せたら「体は何も問題ない」と言われた。二、三日してから、森田の奥さんが永松に家事手伝いをさせて、普通の生活をさせるようにした。そうしたら、一ヵ月ほどしてよくなり復帰することができました。
もちろん、それまでの二〇年間にわたる研究の下地や試行錯誤があった上でそうなったのですが、森田はその直後に「家庭療法」と名付け、「家庭に患者を引き取り、食事から何から一緒に生活する」という療法を始めたわけです。「神経衰弱」は、そう呼ばれているだけで実のところ神経の衰弱によるものではない。とにかく、特別な治療を施すのではなく、一ヵ月、患者がごく普通の生活を医者と一緒に送る過程で元に戻った。これが森田療法で治った患者の第一号になりました。
そこで森田は「これだ」と目が開けたんです。当時は民間療法や迷信的な療法がいろいろとあり、森田もおまじないや祈祷などの試行錯誤を行いました。森田のそういうところも非常におもしろい。「妖怪博士」と言われた井上円了の膨大な著作を愛読したりしています。

三浦　畑野さんご自身、学生時代に入院されていた。鈴木知準も森田のところに入院していた。入院森田療法というのは今もあるのでしょうか。

畑野　現在は、家庭療法的な入院施設がなくなってしまいました。今でも入院森田療法を続けている病院は全国に三ヵ所あります。ただ、いずれも大病院のなかの一部で細々と行われているだけですから、本来の森田療法とは少し違うんです。

森田は、永松アイを第一号として始めた家庭療法より以前に、精神科の患者四〇〇人以上を抱える大病院・根岸病院の医長を務め、ずっと神経症の治療に取り組んでいました。しかしそれだけではどうも思わしくなかったので、近所に下宿させながら自宅で治療を始めていました。それで多少の効果はありましたが、永松アイを家庭に引き取って一緒に生活したことでこれとわかる見事な成果が得られました。


三浦 そこがすごくおもしろいと思います。いろいろ試していたけれど、画期的だったのは「自宅に住まわせ一緒に生活しながら」ということですよね。

これは仏教とも関係してくるのもしれませんが、「人格的な濃密な一対一の関係」となると、精神医療というジャンルを越えていくように思います。

畑野さんご自身の対験談が掲載された雑誌『生活の発見』(二〇一九年九月号)に、こういう箇所があります。「強烈な記憶がひとつあります。入院一カ月あまりのころ、庭のバラ棚に芽が出始めたので、芽を守るためロープを張るよう先生から指示されました。張り終わったころ『君はアタマが悪いねえ』という先生の大きな声が聞こえました。通路までロープでふさいだことが原因でした。庭にいる同輩たちの前でいわれたので、身体中がカッと朱《あか》くなるのがわかりました。先生は笑顔です。そのあと、恥ずかしさとともに、緊張が解けるような楽な気持になり、ふしぎに先生に対して親しみが湧いてきました。鈴木先生特有の「打ち込み的助言」といわれるもので、時期を見極めて的確な指導をするのです。これは効きました。先生の名人芸といってよいでしょう」。このような「生活のなかでタイミングを見て声をかける」ということになると、精神医療を越えて大事なことを示唆しているように思います。

畑野 森田療法はそもそも入院療法です。ただ、これを実行するのは大変なことです。鈴木先生が森田療法を始めたのは四〇歳からです。「四〇歳にならなければ人の指導はできない」と仰っていました。つまり「人の指導」であって「治療」ではない。「森田療法というのは人間に対する指導、教育指導である」という考え方があるわけです。これは別に鈴木先生独自の考えではなくて、森田もそういう考え方をしていたということです。

三浦 そうすると、人と人との出会い、指導に当たる側の人間そのものが問われるということでしょうか。個別の人間を離れた学問としてまとまった体系があり、それを習うと誰でもちゃんと治療できるというものではない。

畑野　そこが一般の内科・外科などの治療と違うところです。「確固たる人生観を持たなければできない」と森田は書いています。入院森田療法が少なくなってしまったのは、医者の側に「人を指導しよう」という余程の覚悟と責任感がないと難しいからかもしれません。

教育実践としての森田療法

三浦　先ほどの「打ち込み的助言」の箇所を読んだとき、教育実践家の斎藤喜博を思い出しました。森田と斎藤はよく似ている気がします。森田療法の射程は実に広く深く、「指導」、つまり人間が人間とかかわることの根本を指し示していると思います。

畑野　森田はモンテッソーリ教育に非常に共感していました。「人間は自己の精神の活動を喜ぶ。内部の自我が成長して大きくなるのを楽しみとする。何か一つのことを成し遂げ、何か一つの知識を得れば、その人にとって非常な喜びである」という見方をしています。一人ひとりが本来持っている能力を自然に発揮させるというところに森田療法の根本があると思います。

私は対人恐怖症になり森田療法で立ち直りました。多分この経験がなければ学べなかったことを学ぶことができました。若いときに三年半も死ぬような思いをしましたが、それがその後の私の土台になっています。

森田療法はもちろん病気の治療法としてあるわけですが、森田は「神経質の悩みというのは誰にでもある」と言っています。悩むことは普通で誰にでもあることですから、森田の考え方は一般の人に通用する教育論であり、生き方の手本や参考になるはずです。

三浦　僕が森田療法や森田正馬に興味を持つようになったきっかけも、自分の病気の体験があります。もっとも僕の場合は恐怖症というよりうつ病でしたが。森田正馬は「うつ病は森田療法では治らない」と言っていたそうですが、鈴木知準によると治せるそうです。僕は森田療法を直接受けたことはありませんが、森田の本を読むと、何となく気が晴れる。なぜ気が晴れるかというと、人とかかわるときに、理屈ではない「一対一の関係」のなかで、息が深くなり、「この人についていけばもっと元気になるんじゃないか」と感じさせてくれるからではないかと思います。

畑野さんの本とフローリアン・イリエス*の『1913』をあわせて読むと、モ

* Florian Illies 一九七一― ドイツのジャーナリスト

ダニズム以降、神経症の時代が現代まで続いているのではないかという気がします。人と人が人格的にがっぷり四つに組んで指導したり指導されたりということがあまりにも少ない。そういうなかで、いろいろなとらわれが生じてくるという気がします。森田が述べているのは、自己自身にとらわれている状態をあれこれ考えるのではなくて、あれこれ考えながらでもなんでも、とにかく目の前の具体的なことに手をつける、そのなかでその人なりに発見していく、いわば自己に頓着しないための指導、人間的教育とでも言うべきものでしょうか。森田療法の思想は、療法を超えて、実体験を踏まえつつ人と人との関係の根本を指し示す非常に射程の広いものだと思います。本日は、ありがとうございました。

春風新聞　二六号（二〇二〇年春夏）

「ソコカラ　ナニ　ガ　ミエル?」

都市をめぐって――

吉原直樹×三浦衛

二〇二一年二月一四日、
『都市科学事典』（春風社、二〇二一年）総括監修者であり
『コミュニティと都市の未来』の著者でもある吉原直樹氏をお招きし、
春風社代表の三浦衛と対談しました。

異端の社会学徒として

三浦　吉原先生の新著『コミュニティと都市の未来』（ちくま新書、二〇一九年）の他、先生が訳されたジョン・アーリ『モビリティーズ』（作品社、二〇一五年）『〈未来像〉の未来』（作品社、二〇一九年）、宮﨑洋司訳の『ジェイン・ジェイコブズ都市論集』（鹿島出版会、二〇一八年）を読みました。最初に読んだ時、カタカナが多くて難しい印象でした。これらの本で使われている単語は辞書的な意味だけでは理解できないことがあり、それが難しさの原因のひとつではないかと思います。

ですが二回、三回と読み込んでいくと「どういう学者がどういう意図で、こういう用語を使っているのか」が見えてきて、少しずつ雲が晴れていくように感じました。

先生が二〇一一年に出版された共著『社会学の学び方・活かし方』（勁草書房）で「最初は有賀喜左衛門*先生のような村落の研究を志していたが、有賀先生が別の大学に転出したことをきっかけとして、村でなければ都市もあると考えた」と書かれています。今回は先生ご自身のことや都市社会学の魅力についてお話を伺いたいと思います。

＊　一八九七―一九七九年　社会学者

先生は一九四八年生まれで、これまで「移動」された場所としては、徳島、東京、仙台、横浜ですね。『コミュニティと都市の未来』の中で「移動のあり方が変化し、ますますワークシェアが進んでいくだろう」と、コロナ禍の前の時点で、未来の予測をしておられる。

社会科学というのは、都市社会学に限らず、「これから社会がどうなっていくのか」という未来予測としての側面も大きいと思いますが、そのことを改めて考えさせられました。本書について法政大学の中筋直哉*先生が書評されています。

吉原　『日本都市社会学会年報』に載ったものですね。

三浦　一九八六年に先生が出された『都市論のフロンティア』（有斐閣）が中筋先生にとって衝撃的だったそうで、「私は思考を、座り込んで積み木を集め、磨き、積むようなものだと思い込んできたのだが、氏の思考はそうではなく、理念と現実、評価と批判、古典と新説、地方と海外、といった異なる次元をたえず往還する動的なものなのである」と書かれています。理論と実践を行き来することでかえって難しく感じることもあるのかもしれませんが、『社会学の学び方・活かし方』と重ねて読むと、それは意図してなされてきたことだと分かります。

この本に収録されている吉原先生の論考タイトルは「異端の社会学徒へ／か

＊　一九六六年―　社会学者

ら」です。「異端」となると、春風社としてはこれを見逃すわけにはいかない（笑）。「学術書とは大学出版会がつくる本だ」とうがった見方をされる方もいらっしゃるなかで、むしろ「在野で学術書を出していく、ふつうの人の感覚で学術書を読み議論していけるような枠をつくっていく」ことが大事ではないかと私は考えています。

この本の中に、謎のような文章が出てくる。第三節に「「異端の社会学徒」と「ただの人」の間」とあります。

旅人よ
汝は汝の村へ帰れ
郷里の崖を祝福せよ
その裸の岩は
汝の夜明けだ
あけびの実が
汝の霊魂の如く
夏中

ぶらさがっている

西脇順三郎*の『あむばるわりあ』の詩の一節を引きつつ先生は文章を綴っておられますが、そのあとに「「異端の社会学徒」は反戦世代でもある。「汝の村」への記憶にゆさぶられながらも、いまはとりあえずそれを歴史の箪笥にしまっておこうと考えている」という一文がそれです。

* 一八九四―一九八二年　詩人、英文学者

自己了解と専門書

吉原　まず「カタカナが多い」ということにお答えしますと、好んでそうしているわけではなく、日本語にしてしまうと意味が通じないことがあるからです。私が最初に師事した先生はアメリカでの研究生活が長い方で、もとの言葉を日本語にすると意味の乖離が生じるということをよく仰っていました。

もう一つ、こういうこともあります。外国の学問を研究するには難解なことでもとにかく一生懸命考えないといけないので、その時にできるだけ原書に立ち返って考える方がいい。そういうなかで、「これは日本語にしてしまうとかえって

分からない。だったらカタカナのままにしよう」という習慣が結構残っているんです。ただ、これは今の教育現場では難しいかもしれない。なぜかというと、学問をめぐる大学の状況が変わってきているからです。「一生懸命考えて、分からなかったら原書に立ち返ろう」という態度は、今は通用しにくい。とにかく「分かりやすく見えてこないと駄目だ」という傾向がある。それはそれでいいと思うんですが、やはり学問・研究には「なかなか見えてこないものに対して一生懸命取り組む」ということがひとつありますよね。文献に向き合いながら「時代をどう読むか」「どういうふうに自己了解していくか」が大事だと思うんです。

三浦　「自己了解」について説明していただけますか。

吉原　テキストを読みながら、自分が今どういう社会に位置しているかという現在性を確認していくことです。そうすると、どうしても再帰的・自己反省的に見つめていかないといけない、その往還がなければテキスト・クリティークにならない。そういう経緯で私はあえてカタカナを使ってきました。

もっとも、どのように表現・表象していくかはこれから大きく変わっていくだろうとは思いますが。私が本を出してきた出版社のなかには倒産した会社もあります。専門書のあり方、受容のされ方が変わってきたんでしょうね。大学院生ですら専門書よりは教科書を読むようになってきています。

三浦 僕は専門書を読む時は分厚い本を読むように心がけています。分厚い本は総じて注や文献が充実しておりたっぷり説明してくれるので、素人でも時間をかけると分かる。ところが新書のようにコンパクトだと、ざっと目を通すには短時間で済むけれど、「理解」ということになると逆にものすごく難しい気がします。確かに今はどんどんスピードが加速し短時間にいろいろなものを仕入れなければいけない時代なのでしょうが、新しいことを学ぶにはじっくり時間をかけなければいけない。ファストフードを食するようにすぐに消化できない。ある程度の厚さが必要だと思います。

ところで、「「異端の社会学徒」と「ただの人」との往還」についてお伺いします。

吉原 「ただの人」は、柳田國男*のいう「常民」に近いと思います。ですがそれを「常民」と言ってしまうとバイアスが生じるから、「ただの人」としています。そういう点では、私は専門知を盾にしてそれを展開するというよりも、むしろ「ただの人」のローカル・ナレッジとどこで交差していくのかをずっと考えてきたし、今も考えています。

＊ 一八七五―一九六二年 民俗学者

三浦　この本（『社会学の学び方・活かし方』）の最後に「団塊世代の社会学形成史がもし不毛でないとするなら、それは無数の「ただの人」の多重化する視線によって裏うちされているからであろう」と書かれています。先生は団塊世代ですよね。

吉原　はい。少し補足しますと、この本の執筆者は五人です。私以外は正統派の方々なので、本書の執筆依頼をされた時、私は他の方々とはかなり違いますよとあらかじめ言っておきました。正統派だけでやっていくと、正統派自体が維持できないんです。やはり周辺とか異端を取り込まないと正統派でいられない。私は紛れもなく異端ですが「正統派に組み込まれているじゃないか」と評されることもあります。非常に中途半端なところがあります。ただ、私が持っている視座は、社会を統合する側に立つ者のそれではない、ということは意識しています。

「翼」を広げる

三浦　例えば『コミュニティと都市の未来』の「障害者とコミュニティ」を読むと、先生のそういう立場が読み取れます。

Sさんとダウン症の息子さんのK君が、横浜の郊外に引っ越してきた。毎年の自治会の落ち葉拾いでK君がしたことのエピソードなのですが、これは驚きました。またこの後に、日をおいて、ここに住んでいる人たちの対応が微妙に変化してくるというところが面白い。

吉原　郊外住宅地における障害者と地域社会の話になると、「障害者を排除している」という議論になりがちです。でも、従来語られてきたものとは違う視線が必要で、通俗的な「差別」「包摂」「排除」という話ではないんです。既存のものの見方を超えた、ある種の、瞬間のエピソードみたいなものがある。それが郊外の物語になり得る。そういう物語はあちこちにいっぱいありますよね。

三浦　そうでしょうね。「「異端の社会学徒」と「ただの人」との往還」のあと、第四節で「「翼」を広げること」と書かれています。「これからどういうふうにやっていくのか」という時、SさんとK君のエピソードと重ねて読むと、見えてくるところがあります。

『社会学の学び方・活かし方』を読んで、私にとっての都市とは何かを考えた時に、松本大洋*の漫画『鉄コン筋クリート』を思い浮かべました。シロとクロという少年が主人公で、二人とも空を飛べる。舞台は昭和の義理人情を尊ぶような町で、地上げ屋がいて、町の開発が行われようとしている。この漫画の最終章に、

＊　一九六七年―　漫画家

「ソコカラナニガミエル?・」という言葉が出てくる。さらに「ヒカリガミエル?・」「ユメガミエル?・」「ココカラハナニモミエナイ。」「シンジツガミエナイ。」「キボウモミエナイ。」、もう一回「ソコカラナニガミエル?・」、最後に「ココカラハナンニモミエナイ。」しかし、最後の最後「ココカラ　ミンナガ　ミエルヨ。」ここが泣ける。

都市のイメージは水平に広がるものではなくて、むしろ垂直に伸びるものだと感じます。学習院大学の中条省平先生は『鉄コン筋クリート』の書評で「背景となる都市空間の飛躍的な拡がりも指摘しておく必要があります。主人公のシロとクロはじめ、このマンガに登場する子どもたちは自由自在に空を飛びますが、それが水平的飛行ではなく、ビルの天辺から水底へ落ちるようにダイブし、また、恐るべき跳躍力で地面から空中へと撥ねあがるのです。この切れ味鋭いアクションによって、猥雑に密集した都市空間が、一挙に垂直的に拡大されるのです」と書かれています。

私も子どもの頃に空を飛ぶ夢をよく見ました。最初は快適に飛べるんですが、だんだん麻痺してきて落ちてくる。そうすると地上のいろいろなところ、泥まみれなところだけじゃなくて、人間の気持ち悪さまで見えてくるような感じがしたものです。

吉原　私の生まれは四国の徳島ですが、大阪や神戸などいろいろなところに引っ越しています。都市（都）と田舎（鄙）の両方を体験したわけですが、それだけでなく、読書体験の影響も大きいです。私の親は公務員で質素な親だったんですが、家に本がいっぱいありました。三島由紀夫、* 太宰治、** 原民喜*** の三人に特に感動し、影響を受けました。

三浦　それはいつの話ですか。

吉原　中学生の頃です。三島由紀夫はとにかく文章が華麗、太宰も文章が巧みで、二人にはまりました。ただ、高校生になって三島は嫌いになりましたね。でも太宰はずっと好きでした。津軽の豪農の息子で、ある種の旦那衆文化みたいなものを持っている太宰特有のはにかみや含羞が好きでした。それが原民喜につながっていきます。原は広島出身で、軍需で儲かったところで生まれています。ただ、幼い頃から寡黙で、抒情の世界に入っていく。結核で亡くした妻に対する思いを背負って生きているなかで被爆し『夏の花』を著しました。

私は東日本大震災以降、福島の大熊町をずっと見てきています。今でも九六パーセントが帰還困難区域の町です。そこでいろいろ考えていると、原民喜にぶつ

＊　一九二五―一九七〇年　小説家

＊＊　一九〇九―一九四八年　小説家

＊＊＊　一九〇五―一九五一年　詩人、小説家

かった。廃炉産業などの新しい産業で復興していこうとする動きもありますが、それは「大文字の復興」であり、もう一つの復興の形、すなわち「小文字の復興」もあるのではないかと考えています。被災者を支援する「運動」や「告発」だけでなく、被災者の寡黙さも捉える必要がある。そういう意味でいうと私は徹頭徹尾、鄙の側の人間だと思います。

ただし「東北だから」とかを強調するような内に閉じられたものではなく、外に翼を広げる形で伝えていくことが大事なのではないでしょうか。

都市の多様性

吉原 ジェイン・ジェイコブズも****「都市の多様性」と言っていますが、「新しい近隣」の持っている寛容性が大事だと思います。例えば町内会のような日本の近隣にはいろいろな人がいます。お金持ちも、貧しい人も、宗教・宗派の違う人も、いろいろな階層からなるミックスト・コミュニティですよね。「自立した個」でもない、共同体主義でもない、それらに通底するようなものを掬い出さないといけないのではないかと考えています。

**** Jane Butzner Jacobs 一九一六―二〇〇六年 アメリカのジャーナリスト

三浦　『コミュニティと都市の未来』で先生が何度か出されている「領域でなく関係としての空間」や「空間論的展開」は、今のお話とリンクしてくるものなんですか。

吉原　はい。ただ、共同体主義になると、どうしても初めから領域的なものを設定しがちで、日本の戦前の経験からしてもそれは危ない。最初から領域ありきではないけれど、人が住むからには何らかの「生活の共同」を切り結んでいかなければいけなくて、そこで出来てくる領域性は否定できない。新しく領域や区域ができる時に、それが何らかの形で継承されていく。しかもそれは意図的なものではなくて、「生活の共同」の中に人々の記憶があって、どこかでそういったものが継承されていく、ということだと思います。

三浦　先ほどお話した「「汝の村」への記憶にゆさぶられながらも、いまはとりあえずそれを歴史の箪笥に」の箇所とも関わってきますね。

吉原　私たちは、戦争を含め歴史に対して反省的に向き合っていかなくてはならない。けれど同時に、そこにずっと留まるわけにもいかない。そういったものを再帰的に捉え返していくなかで新しい関係性を切り結んでいかないといけない。その時に大事なのは異端です。異端は再帰的な立場に立ち得るし、新しい段階にも進みやすいからです。正当と異端のダイナミクスは、正当／異端、中心／周辺という二分法的な捉え方を壊していくところにあります。

三浦 先生の卒業論文「日本資本主義論争における『時代と社会』」には「時代と社会」という言葉が含まれています。「時代と社会の中で自己了解する」という視点はずっと若い時からお持ちだった。

『都市科学事典』の使い方

三浦 都市社会学の魅力とは何でしょう。

吉原 それは都市社会学と距離を置くことによって見えてきている部分もあるかなと思います。どうしても都市社会学だけだと内輪の話になってしまう。他のディシプリンと交差させた時に、都市社会学の存在理由を強調するのではなくて、都市社会学はこういう広がりがあるんだと示すこと、都市社会学を再帰的に問い返しながらスケール・アップを考えることが大事です。そういうコミュニケーションのなかで、自分にとっての都市社会学とは何かと問い直しています。付け加えていうと、他の分野の人が評価しないようなもの、目を向けないようなものは駄目ですね。

三浦　「春風と野《や》」を標榜する当社にもありがたいお言葉です。「「翼」を広げること」の最初に「近年、アカデミズムの奏でる主音が全体として内向きになるのにともなって、知の世界が極度に「サークル化」しているようにみえる。こうした状況は、考えようによっては、アカデミズム／既成知が「根」をみつめなおそうとしていることの一つのあらわれであるといえるかもしれない」と批判的に書かれてあり、今のお話とすごく関連します。

吉原　そうですね。でもそういうことを聞きたくない人もいるんじゃないかな。耳障りのいい言葉だけを聞きたがっている。あらゆる分野にそういう傾向がある。だからそうなると、もっと外に出て、外の分野の人と交差していかないといけない。それで必ずしも自分が取り組んでいることが広がらなくてもいいんです。究極的には「自分の立ち位置を確認していく」ことが大事です。

三浦　そのような中、当社から『都市科学事典』が発行できたのは喜ばしいことです。

吉原　都市というのはいろいろな知がそこで交わされていく場です。知がどのように交差しているのか、どういう新しい知をつくり出そうとしているのかを知ることは非常に大事です。研究者に限らず本書を手にする人は、都市に対する疑問を紐解くことによって、それをまず知る、認識する、あるいはそのきっかけをつくることができます。

三浦　そうですね。事典を編集してきた山岸さんと岡田君は、これをどういうふうに使ってもらいたいと思いますか。

山岸　文系・理系にかかわらず、多分野の知識が集まっている事典です。歴史的な経緯や都市に関する考え方・思想、都市計画や「まちづくりがどのように行われているのか」という実際的な面や、水道の仕組みといったシステム的な面も具体的に書かれていますので、都市にかかわるすべての方、特に都市マネジメントに携わる方に読んでいただきたいですね。感染症や地震の項目もありますので、参考になることがたくさんあると思います。

吉原　理系の分野だけの都市科学だとこの事典の魅力は半減してしまうと思います。「思想」や「文化」が入っていることが大きくて、技術知の人、あるいは非常にテクノクラート化されたところにいる自治体の職員とか、そういう人が読むとすごい広がりができてきます。これから時間が経つにつれて、そこの重みが増してくると思います。自然科学中心のものだとどんどんクリアされていくわけですが、エンサイクロペディアの持っている本来の意味がこれで確認されるのではないかと思います。

岡田　この事典づくりを始めた当初、「情報が随時更新されるインターネットがあるし、断片的な知識なら検索すればすぐ分かる。なぜ今時わざわざ紙の事典を出すのか」という反対意見があって、なかなか作業が前に進みませんでした。でもこうして紙の事典ができてみると、少し頁をめくることで知る・調べるつもりがなかった情報にも接することができます。予期していなかった知との出会いが実現できる場として、紙の本で一冊にまとめることにはひとつの意味があると思います。

三浦　今は多くの情報が飛び交い、政治の世界をはじめ、言葉を取り消したり、言葉に重みがなかったり、誰も責任をとらないみたいな風潮があります。紙の本は物としてあることで責任を取らざるを得ない。「この事典ではそれぞれの執筆者がこういうふうに発言しているじゃないか」ということがあるから、すぐに取り消すことはできない。『都市は揺れている』（東信堂、二〇二〇年）の彦江智弘先生（横浜国立大学教授、本事典の編集委員のひとり）の文章に「都市は専門家の言説と実践によってのみ占有されるものではない」といったことも書かれていますね。

これがきっかけとなってさまざまな対話が生まれてくる、そういう事典として使ってもらえればと思います。

吉原　いろいろな専門知が交錯する、そこで単なる総合知ではなくて、専門知が対立したりシンクロしたりして一つの知の枠組みができると同時に、専門知とローカル・ナレッジがインターフェイス（浸透）するところで出てくるような知がある。それは実践知でもあるわけですが、そういう意味でこれがどの程度可能性を持っているか。実践知とは一体何だろうかと考える場合に、単に先ほどのように「異端だ、弾き飛ばせ」というのではなくて、そこで「誰が何を言っているのか」を耳を大きくして聞くことが大事ではないか。そういう中でこの事典の意味というものを考えてみたらどうかと思います。

三浦　ありがとうございました。

春風新聞　二七号（二〇二一年春夏）

「悪の凡庸さ」とリーダーシップ――
『教育のリーダーシップとハンナ・アーレント』をめぐって

末松裕基×生澤繁樹×橋本憲幸×三浦衛

『教育のリーダーシップとハンナ・アーレント』（ヘレン・ガンター著）の刊行によせて、訳者の末松裕基氏、生澤繁樹氏、橋本憲幸氏をお招きし、座談会を行いました。

教育の
Educational
リーダーシップと
Leadership and
ハンナ・アーレント
Hannah Arendt
ヘレン・M・ガンター
Helen M. Gunter
末松裕基　生澤繁樹　橋本憲幸［訳］
指導すること＝他者と関わり何かを始めることは、
いまでも何らかの意味を有しているか
春風社

「野」のリーダーシップをめぐって

三浦　本日は末松裕基先生、生澤繁樹先生、橋本憲幸先生が訳された『教育のリーダーシップとハンナ・アーレント』（春風社、二〇二〇年）について、訳者三名と春風社の私の四人で座談会を行います。

ヘレン・ガンター*著の本書のタイトルは『教育のリーダーシップとハンナ・アーレント』で、教育分野の本ですが、今回の座談会のタイトルは「「悪の凡庸さ」とリーダーシップ」とし、タイトルに「教育」を入れませんでした。生澤先生のお言葉からヒントを得たからです。生澤先生は『共同体による自己形成』（二〇一九年）を春風社から出版された後、当社のPR紙『春風新聞』二四号の「自著を語る」というコーナーで「教育のことは教育を考えるだけでは見えてこないといわれます。社会を見るからこそ理解できる教育のかたちがあるとすれば、反対に、教育を考えるからこそ見えてくる社会のかたちもあるのではないか。本書には、具体的な子どもも大人も家庭も学校も地域社会も出てきません。けれども、教育の現実から乖離しているとは思いません。共同体による自己形成という課題を通して具体的な現実を洞察するきっかけづくりの一助にしていただければうれ

* Helen M. Gunter
イギリスの教育学者

しいです」と語られています。教育を見ることで社会が見えてきたり、社会を見ることでまた教育の問題が浮き彫りにされてきたりと、そういう関係だと思います。私は出版社の編集者としてこの本を何度も精読しました。いろいろなことを感じ、考えさせられました。

春風社は今年（二〇二一年）で二二年目なのですが、「在野」の精神を大事にしています。強引かもしれませんが、この本から『野』のリーダーシップとハンナ・アーレント」ということも学べるのではないかと思っています。今回の座談会を、いわば「野の対話」と位置づけています。お三方は教育学畑の人ですが、研究者ではない出版人の私が参加することで、この座談会が「野」にならざるをえないのではないかと思います。

今年の二月に春風社で『都市科学事典』を出版しました。執筆者が三四八名、横浜国立大学の先生方を中心として他の大学の先生方とともに三年がかりで作成しました。この仕事を始めるとき「いまどきこんな事典を紙で出す意味があるのか」という意見もありました。でも実際に刊行され出版記念のシンポジウムが開かれたときに、「いまの時代だからこそ紙で出す意味がある」というコメントをいただきました。電子書籍やインターネットで発信された言葉は容易に修正が加えられたり上書きされたりしていく。例えば政治家の発言に関して、「いつ、どこで、誰が、何を、どのように話したか」ということが蔑ろにされてしまう。そういう時代だからこそ紙の本をつくることに意味があるのではないか。「紙碑」という言葉がありますが、いま大事なのは、まさにそういうことではないかという気がしています。特に学術書の場合、自分の言葉に責任を持つためにも、ある時点においてこういう発言をした、ということを紙で残しておく必要があるのではないか。それは先ほどの『野』のリーダーシップとハンナ・アーレント」にも関わってきます。

アーレントと聖書

三浦　「教育のリーダーシップと全体主義の傾向」として、本書では全面的にリーダーシップについて論じられ、「TLP（Transnational Leadership Package ＝国境を越えたリーダーシップのパッケージ）」と「ELMA（Educational Leadership Management and Administration ＝教育のリーダーシップ、マネジメント、アドミニストレーション）」が重要な略語として説明されています。一三二頁でガンターは言っています。「私が議論したいのは、TLPの支配が進んでいるということであり、その中でELMAにおける強調点が公共サービスにおけるリーダーやリードすることやリーダーシップへと移行しているということであり、そしてそこに全体主義の傾向が明白に確認できる」。これはとても大事なことです。教育という営みの持つ深さや重さにもかかわらず、パッケージ化された、でき合いのものを鵜呑みにして流通させてしまうような傾向を、ガンターは批判的に捉えている。それは教育のリーダーシップを超えて大事な視点ではないかと感じました。

アーレント*の著作『エルサレムのアイヒマン』に「悪の陳腐さ」や「悪の凡庸さ」という言葉がでてきます。「悪の凡庸さ」という言葉から、私は聖書の「主の祈り」を連想します。また、それはアーレントの博士論文『アウグスティヌスの愛の概念』にも関係していると思います。『全体主義の起原』には、アウグスティヌス**の『神の国』の「始まりが存在せんがために人間はつくられた」という言葉が引用されています。

アーレントの著作をずっと読んでいくと、聖書を抜きには語れないことに気づきます。アーレントが言う「悪」は、この博士論文から考えても、聖書との親和性が非常に高い。「主の祈り」には「われらを試みに合わせず悪より救い出した

* Hannah Arendt 一九〇六―一九七五年 ドイツ出身の哲学者

** Aurelius Augustinus 三五四―四三〇年 ローマ帝国の神学者

まえ」とあります。キリストが我々人間に「このように祈りなさい」と教えた言葉の中に「悪」という言葉が出てくる。この「悪」についてアーレントの思想に沿って考えれば、「悪より救い出したまえ」は「悪の凡庸さから救い出したまえ」とも読めるのではないか。「悪の凡庸さから救い出したまえ」ということは別の言い方をすれば、「考えることをさせたまえ」にもつながるのではないか。本書の「あとがき」にもありますが、「アーレントを読むことは挑戦」だとも言えそうです。「挑戦」ということはつまり「今の世の中の状況に対してじっくり考えることが問われている」ということではないかと思います。

立ち止まって考えること

三浦　「『壁の穴』のコンピュータ」の問題点ということが論じられています。二六二頁に出てきます。ガンターはいろいろな具体例を出していますが、私は最初に読んだときピンとこなかった。ところが二度、三度と読んでいると、「ああ、こういうことか」と見えてきました。そうすると、先ほどの「悪の凡庸さ」ともつながりますが、教育のことだけではなく、普段は見過ごしてしまうような身の周り一つ一つの事例が思い当たります。立ち止まり、その出来事をよく感じ分け考えてみると、とても大事なことが起きているのではないか。

「『壁の穴』のコンピュータ」は、インドの事例です。壁の穴にコンピュータを設置してインターネットにつなげておく実験をした。すると何も説明がなくても子どもたちはどんどん触り、いろいろなことを覚えていったということです。

実験した人は肯定的な受け取り方をしているけれど、ガンターはこの事例についてむしろ批判的です。「『壁の穴』の実験に私が反対するのは、子どもたちが大人たちの計画を正当化すべく強いられているという点」だと述べています。何となく素通りしてしまうのではなく、立ち止まってよくよく考えてみる必要がある。先ほどのTLP、つまり教育に関わるいろいろなことがパッケージ化されて流通することによって、考える時間も機会もなかなか取れなくなっているという状況があるのではないかと思います。

子どもをどう見るか

三浦　大江健三郎*のルポルタージュをまとめた『厳粛な綱渡り』（一九六五年、文藝

＊ 一九三五年―
小説家

春秋新社）に「未来につながる教室――群馬県島小学校」という文章が収載されています。斎藤喜博＊＊が校長を務めた島小学校を二〇代の大江健三郎が訪問した時の記録です。冒頭部分にこうあります。「日本じゅうの数しれない小学校の、どの校長先生が、文部大臣の参観申しこみを、にべもなくことわる勇気をもっているだろうか」（三四四頁）。斎藤喜博は当時の文部大臣の参観申し込みを断り、大江健三郎の参観を歓迎したということです。「ぼく［大江健三郎］が島小学校へいった日、新潟県の校長先生たちの一団もまた、参観に来ていた。東京の明星学園からきた絵の先生も一緒だった。授業の参観のあいだ新潟の校長先生たちは、子供の表情とか先生と子供のあいだの親密なコミュニケイションとかを見るよりは、壁にはった表とか図とかをのぞきこむのに熱心だった」（三五三頁）。このあたりも、この本のTLPと関係しているような気がします。なぜ子どもを見ないで、壁に張ったものを見ているのか。「子供たちの合唱のとき、斎藤さんは、子供の顔をみながら歌をきいてくれ、と大きい声でいったが、眠っている校長先生もいた。（中略）新潟の校長先生たちと斎藤さんとが、参観の結果について話しあう席にぼくもでてみた。新潟の校長先生たちの質問は、それまで見てきた具体的な授業にそくするものではなかった。かれらは、カリキュラムがあるかとか、子供の発展

＊＊　一九一一―一九八一年　教育者

の段階に無理がないかとか、抽象的・観念的な言葉だけで質問した。斎藤さんはいった、島小学校には形になってうけつがれるようなカリキュラムはない、どこの学校が文部省のいうとおり模範的なカリキュラムをつくって授業していよう。それに、いま目のまえで合唱し、窓のむこうで跳び箱をとぶ、あのすばらしい子供たちの、その発展段階に無理があるように見えますか?・」(三五三―三五四頁)。斎藤喜博の面目躍如です。参観に来た校長先生たちに対して、なぜ、いま目のまえで命が動いている、働いている子どもたちの姿そのものを見ようとしないのか、と問うているわけです。斎藤喜博の教育は「子どもの無限の可能性を引き出す」ことだったのではないか。斎藤喜博の本を読むと「無限」という言葉がよく出てきます。「子どもをどう見ていくか」「子どもとどう接していくのか」というときに、私は斎藤喜博の「無限」ということを考えます。

もう一つ、ここで例に挙げたいのは、中原中也*の「盲目の秋」という詩です。その中で何度かリフレインされる言葉があります。

風が立ち、浪《なみ》が騒ぎ、
無限の前に腕を振る。

* 一九〇七―一九三七年 詩人

詩について、例えば、中国の古典『詩経』でよく言われるのは「断章取義」、つまり「章を断じて意味を取る」ということです。『詩経』の詩は、短い言葉ながらもそれぞれつくり手の意図があってつくられたもので、非常に比喩が多い。つくり手は比喩に隠れることができ、読み手は自分に当てはまる意味を比喩から取ることができる。比喩にはそういう機能があります。『詩経』に限らず、詩はそういう読み方ができます。

そうしてみると、もとは恋愛詩であるこの「盲目の秋」の「無限の前に腕を振る」という言葉は、斎藤喜博の「子どもたちの無限の可能性を引き出す」ということや、当社から刊行された『教育と他者』(二〇一八年)における橋本先生の教育についての思索とも重なってきます。「無限」という言葉がいろいろな広がりを持ってきます。

本書を訳しながら考えたこと

三浦 さきほども話しましたが、アーレントの博士論文は『アウグスティヌスの愛の概念』で、「愛」という言葉が入っています。アーレントにおいて、聖書を抜きに考えることはできなかったのではないかと思います。聖書の「コリント人への第一の手紙」に「信仰、希望、愛、この三つはどこまでも残る。その中で最も大いなるものは愛である」と記されています。キリスト教は愛の宗教だとも言えます。「愛とは何か」と考えるとまた話が難しくなってきますが、聖書の中でキリスト教の愛が端的に出ているのは、「マタイによる福音書」二五章四〇節「はっきり言っておく、私の兄弟である最も小さい者の一人にしてくれたのは、私にしてくれたことなのである」という言葉ではないか。愛については、シモーヌ・ヴェイユ*とも重なるところがあり、特に『重力と恩寵』に代表されるヴェイユの考え方に、やはり「神の愛」があると思います。

斎藤喜博の「子どもをどう見るか」「無限の可能性を引き出す」ということ、そして聖書に出てくる愛にまつわる言葉を念頭に置くことで、本書を複眼的に読めるのではないかという気がします。

この本を訳されながらどんなことを感じ、訳し終わって今どういうことを思っているのか、お三方にお話いただければと思います。

末松　三浦さんが聖書を強調されているのを伺い、「三浦さんらしい読み方だな」

＊　一九〇九―一九四三年　フランスの哲学者

と思いました。「無限」ということで三浦さんは何を言おうとしているのか最初は分からなかったのですが、徐々に見えてきました。

この本では「目的」「価値」という言葉が繰り返し出てきます。本来、教育という営みは奥行が深く、往々にして見通しが立たなかったりするものです。他方、今の社会状況、政治状況が、あらゆることがコスト・パフォーマンスに還元されるような時代で、答えがないことについて人があれこれ話しあう教育というのは「たちの悪いもの」みたいな扱いをされざるをえない。いよいよ社会は危ないのではないかと思っています。そこは私たち訳者三人が共有していたことです。最近、私が詩に関心があるのは、教育学者と議論をしていても、ポエジーみたいなものを全く感じないからです。学校の先生方も「ポエジー」と言った瞬間に目を背ける。だから、三浦さんが「無限」と仰っていて、ああそうかと腑に落ちるところが実はありました。

この本に「アルゴリズム」という言葉が出てきます。形になりにくいものや言葉になりにくいものを、すべてアルゴリズムのような形で示そうとする。そのアルゴリズムに抗ったり乗り越えたりするためには、「無限」や「愛」という考えが必要ですね。聖書が書かれたのはまだテクノロジーが乏しい時代で、人間の想像力で超えないといけない部分がたくさんあったはずです。

本書を訳し終えた今だから思えるのですが、取り組み始めた当時は「こんな内容が書かれている」ということを私も完全には理解していませんでしたね（笑）。訳したからこそ分かったことがあります。刊行期限のぎりぎりまで粘って訳して推敲したので、刊行間際に見えてきたことが多かった。

「時間がかかることをやらないと自分もだめになるな」と思っていたので、「きちんと時間がかかることをやりたい。ちょっとやそっとでは太刀打ちできないことにきちんと向き合いたい」と考えてやってきました。

三浦　そうだったのですね。

末松　はい。「あとがき」にも書きましたが、そういうことが楽しいし、大事だと感じました。訳しながら、教育にはもっと「しつこさ」や「回りくどさ」が必要だし、そういうことを根底に据えて議論していくべきだと考えていました。

私自身も今の教育学や教育を相対的に見ているのではなくて、むしろ一つの立場に全身が突っ込んでしまっています。だから例えば教員研修の際に、初めて会った人に、体と心が乖離するような違和感を抱えながら一〜二時間くらいで授業しなければいけない。「自分で自分に嘘をついている」という感覚が常にありました。そういうこともあって「時間のかかるものをしたい」と思っていました。

学術書は分厚く

末松　先日、学部三・四年生を中心に二〇歳前後の学生たちに、全部読んでもらって、一日で検討会をやりました。意外だったのは、彼らが生きている日常や生活経験と関連させて読んでくれたことです。「めまいがした」「立ち眩みがした」「自分がやっていることにどこかでずっと違和感があったが、それを突きつけられた」と。若い人にこそ本書を読んでほしいと思いました。

私が編者を務めた『現代の学校を読み解く』（春風社、二〇一六年）を刊行したときも、「若い人を信頼しないような教育学の提示の仕方をあまりに多くし過ぎているのではないか」という思いがありました。「分かりやすく」「簡単に」「要領よく」執筆してください、という依頼ばかりが来るので、そういうこともせざるをえない。魂が引き裂かれるような思いで書いています。書いた私自身が二度と読まないことを、原稿にしてほしいと頼まれ、やらざるをえない。ずっともどかしさを覚えていました。

そういう意味では、ガンターの問題意識や姿勢に私は共感するところが多いです。「彼女もいろいろなリスクを背負いながら何かを突破しようとしている。そこに食らいついていかないといけない」ということで、私たち三人で部活動の特訓のように毎日やっていました。

三浦　学術書の出版とも重なるところがあります。誰に忖度するわけでもないけれど、何となく「分かりやすく、簡単に」という圧がかかってくる。

末松　「余計なことを書くな」と最近よく言われます。

三浦　学問というのは積み重ねだから、本気で勉強しようとしたら、注も参考文献もきちんと入れてくれないと困る。私はすぐ熱くなるけれど、この本はすごく熱っぽい。いい意味で若さが盛り込まれた訳書です。日本語として読みやすいだけでなく、訳注もすごく充実していて、勉強になる。訳注や解説を充実させるとそれだけで相当ページ数が増えますが、「本気で勉強したい」「立ち止まっていろいろなことをじっくり考えたい」という人は必ずいます。野にある学術書の出版社の社主として、「訳注でこんなにページをとってもらっては困る」と制限するのではなく、そういう人たちの需要に応えられる学術書を提供したい。春風社の学術書は分厚くなってもいい。むしろきちんと勉強する人のためには、そういう学術書でないとだめです。本書はそういう願いにかなった一冊です。

末松　ありがとうございます。結果的にたまたまこうなった面もありますが（笑）。あと、今回三人で訳したこともよかったです。私一人だと途中で諦めていたと思います。誰かがへたりそうになると他の誰かから「もっとしつこくやろうよ」というのが自然発生的に出てきました。

翻訳というのはある種の創作ですし、三人でいろいろ議論しながら読んで、すごく楽しかった。多少は英語を読めると思っていたけれど全く読めていないことに気づいたりもしました。

橋本　翻訳というのは、他者の思考にずっと付き添わなければいけないということは頭では分かっていたけれど、身体感覚としては分かっていなかったということに気づきました。「他者の思考にずっと付き合っていくのは本当にしんどいな」と実感しました。そして、自分の思考をあえて不自由にし、他者の思考に焦点を当てて自分の頭を働かせていくことによって見えてくることもある、ということが分かったのは、一つ大きな発見でした。すでにある言葉を、意味をできるだけ変えずに別のものに置き替えるということがかなり大変だったというのが、翻訳全体を通して感じたことでした。

ケアと教育

橋本　さきほど「無限」についての話で私の『教育と他者』との接点に言及してくださいましたが、「子どもをどう見るか」「子どもとどう接するか」ということとの関わりだったと思います。本書を読みながら感じたのが、政治に焦点が当っているけれど、「政治的である」ということが、私の本に近づけて言えば、「ケア的である」ということです。つまり、ガンターは学校現場の教員への信頼というものを最後まで手離さない。おそらく「教員がいて、教員の目の前に子どもがいて、子どものことを最もよく考えているのが教員だからである」という信念があったからです。教員が他のどこかでつくられた何かを単に子どもにあてがう、ということではなく、教員がその子どもに何を贈ればいいかということを考えて実践しよう、と言っているわけです。

「考える」というところが「政治的」というところに関わってくる。それはまさに私が『教育と他者』を書きながら最終的に行きついた、ケア的な関わり方や教育のあり方と重なります。さきほど言った「翻訳の難しさ」や「他者の思考に付き合っていくことのしんどさ」を通して、最終的に自分の思考とガンターの思考の交点を発見できた。そこは全く予想していなかったことだったので、単純に楽しかったです。そこに気付けたのは、末松さんや生澤さんと時間をかけてじっくり考えてきたからです。

末松 授業で「分からない文章とかは朗読するといいよ、言葉って音だから」とポロッと言ったことがあったのですが、今回、学生の一人が「よく分からないから読もう」と思って全部朗読したそうです。

三浦 それは嬉しいですね。

末松 最近、学生にメールを送っても返信が来ないことが結構あったので「なぜ返さないの?」と聞いたら、「私たちの文化で、返すとLINEでは字数が増えてしまうから迷惑になると思って返さないんです」と言われた。それで「関わり合いたくないから無視するという応答の仕方はもちろんあるけれど、あなたの考え方、感じ方はちょっと分からない」と答えたのですが、今回その学生たちと一緒に読んで、「ああそうか、公共空間が、今こういうふうになりつつあるんだ」ということに気づきました。人と関わること、人のことを想像して考えて関わることは面倒くさい。教育はいわば大きなお節介ですよね。

私が関わっているある小学校の教員から「子どもたちには想像力があって、子どもたちのために教師は何もしなくていい」と言われたので、私は「それはおかしい。何もしなくていいという教育は、最も準備が必要で、最も介入が必要です」と反論したことがあります。その小学校はタブレットPCを配っていますが、子どもは授業と全然関係ないサイトを見て、めちゃくちゃなことしかやっていない。「これは教育じゃない」と思いました。

「子どもたちのために」「誰も見捨てない、すべての子どもたちを」みたいな教育メソッドが流行っていて、「〇〇大学の〇〇先生が言っていますから」とか宣う人がいる。でも、「いやいや、あなた自身はどう思っているんですか?」ということを聞きたいし、本当はその人自身も自分の考えを持っているはずです。

そういう今の教育界に対する私たちの問題意識が、ガンターを訳し、ガンターが言っている内容を咀嚼することで再認識できたところがあります。

三浦　さきほどの「『壁の穴』のコンピュータ」の話とも重なりますね。

末松　すごく重なります。そしてコロナ禍がこの状況を加速させています。もちろんテクノロジーを活用できる部分はありますが、それをあたかもインフラのように「すべての土台になるもの」として語るのはおかしい。

三浦　学生さんが朗読してまでこの本を読んでくださったというのは、出版社としてもとてもありがたい。さきほども言いましたけれど、この本にはそういう熱がこもっています。

末松 その人は私のゼミに所属しているのでもない。百人くらいの授業で、「こういう本が出て、ゼミで検討するから、来たい人は来てください」と言ったら、本当に一人で来た。嬉しかったですよ。

ぎりぎりの知的誠実さ

生澤 みなさんのやりとりを聞く中で、自分なりに翻訳に携わって思っていたことが言葉になってきました。

「悪の凡庸さ」という言葉がこの座談会のタイトルにありますが、議論の背景として、「根源悪としての悪がある」ということをどう考えるか。現代の教育改革がなしている「悪」にはいろいろな問題がありますよね。入試改革もそうでしょう。もろもろの教育改革の悪というのは、根源悪と言えるような種類の悪なのかどうか。つまり国家の統治や教育改革には、全体主義の悪のような、支配が起こっているのかどうか。

もちろん単純に「そうだ」「そうじゃない」とは言えないでしょうが、本書での「考えられないこと the unthinkable が起きている」という指摘や、それに対する「無思考 thoughtlessness」がもたらす宿弊を考えると、「大きな渦のようなものに自分たちが今巻き込まれている」ということを感じざるをえず、本書が出たあとも繰り返しそのことを考えていました。

そういう「大きな渦」を考えたとき、巻き込まれないように、流れを止めたり鈍らせたりするような大きなことが必要かと思いました。しかしそれは「社会を変革する」ということではなく（そのことも重要ですが）、現代の社会で言えば、その大きいことの中には個人一人一人の「思考」が含まれるだろうと改めて感じます。あるいは「想像力」や「構想力」とも言ってよいでしょう。

翻訳に取り組んできたこの五年間に繰り返し読んだ本の一冊に、プラグマティズムの研究者、リチャード・バーンスタイン*の『*Radical Evil*（根源悪）』があります。法政大学出版局から『根源悪の系譜――カントからアーレントまで』（阿部ふく子ほか訳、二〇一三年）という邦題で翻訳が出ています。その中でバーンスタインは、根源悪には常に私たちの理解の枠組みにいろいろな物事を同化させたりすることができないような「剰余」が潜んでいると語っています。バーンスタイン

＊ Richard J. Bernstein 一九三二年― アメリカの哲学者

は、そういう「ブラック・ホール」のような根源悪の問題に着目することの意義を説いた思想家です。「アフター・アウシュヴィッツ」という第三部で、レヴィナス**、ヨーナス***、そしてアーレントが扱われています。自分が翻訳に取り組むとき、このバーンスタインの研究がいつも念頭にあったように思います。ちなみに第一章ではカント****の宗教論をめぐって根源悪や根本悪といった問題を考察していて、『善し悪し』というものを選択するための究極的根拠は測り知れない」ということが述べられています。つまり、「善い」とか「悪い」という選択の根拠は分からない、いろいろな問題が起こっているけれど、最終的に「善し悪し」の究極的な根拠は「測り知れないだけでなく、測り知れないものでなければならない」（六九頁、圏点引用元）と書いている。測り知れてしまったら、人間の自由というものがなくなってしまうということなのでしょう。「自由で責任のある人格であることの意味を表現するために、善悪の最終的な根拠は測り知れない」と語っているところがあり、学ぶべき点がありました。バーンスタインによれば、カントはそれで「逃げを打った」と見ることもできるのですが、しかしそれは「カントによるぎりぎりの知的誠実さと、我々の根源的自由の深遠な理解を表現している」（六八頁）のだということです。

** Emmanuel Lévinas 一九〇六—一九九五年 フランスの哲学者

*** Hans Jonas 一九〇三—一九九三年 ドイツ出身の哲学者

**** Immanuel Kant 一七二四—一八〇四年 プロイセン王国（ドイツ）の哲学者

ガンターは本書の最後を「目下次々と明らかになりつつある教育の破局的状況《カタストロフィ》について、あなたが他者とともになそうとしていることを思考せよ、語れ、決断せよ」と印象深く結んでいます。これもまた「逃げを打った」と言うこともできるかもしれません。しかしそれは、さきほどのバーンスタインのカント評と同じように、「ぎりぎりの知的誠実さ」を保ち、「悪の凡庸さ」から救い出すため、私たちは徹底的に考える、議論する、決めるという「根源的自由」を見つめ抜いて、悪に対して立ち向かえ、ということなのだと思います。

共同体の観点から

生澤　私の『共同体による自己形成』の観点から言えることがあるとすれば、考えておきたいことが二つあります。

一つはどういうふうに共同体の問題が、本書を通して考え直せるのか、ということです。例えば「みんなに責任がある」という集団責任の問題があります。構造的不正義の再生産にみんなが巻き込まれてしまう問題と言い換えてもよいでしょう。構造的不正義というのは例えば、一人一人は「よいことをしよう」「悪いことをするつもりはない」と思って行動しているけれど、知らず知らずのうちにみんなが不正義の状況に加担してしまうという問題です。構造的な不正義があるとするならば、誰か一人に責任を負わせるのではなく、責任を分有することが必要だ、という議論をアイリス・マリオン・ヤング*という思想家がしています。しかしそれは「みんなに責任がある」というかたちで個々の責任の所在を曖昧にするというわけではありません。しかし私たちの社会や共同体のあり方を見てみると、責任が集団化してしまうことによって誰の責任か分からなくなってしまう事態が生じえます。丸山眞男**の言葉を使うなら「巨大な無責任への転落」(『日本の思想』、岩波書店、一九六一年、三九頁)が起こっているということです。つまり、個人がいないということです。そういうことを考えたときに、個人の責任や罪、つまり「誰が悪い」「誰が問題だ」と指定できない状況で、悪や罪に対する責任といったものの所在をどう考えるのかということが非常に重要な問題になってくると思っています。

アーレントの『全体主義の起原』を引きながら、「全体主義はフィクションが織りなす支配のあり方だ」ということが、『教育のリーダーシップとハンナ・アーレント』の第三章でも論じられていますが、この「フィクション」に対して、

* Iris Marion Young 一九四九―二〇〇六年 アメリカの政治哲学者

** 一九一四―一九九六年 政治学者

私たちの思考はすごく弱いのではないかと思います。例えば「人間は自由だ」「平等だ」というのもある意味フィクションなわけですが、それは「そういったフィクションがあるからこそ、私たちの行動や思考、政治的活動や政治的議論が成り立つ」という類のフィクションです。だからこそ私たちの議論や活動によってそれはつくり変えることができる。

丸山眞男の『日本の思想』では、近代以降の日本人は西洋からいろいろな制度を移植し、いわば「主体」的に制度をつくった経験に乏しいため、フィクションとしての制度をときに「物神化」してしまうことの問題性が指摘されています。丸山によれば、フィクションと現実の分離、それらは違うものだということ、緊張関係にあるということに対する自覚を持ちにくい、というわけです。そう考えると、共同体や学校組織や教育行政や統治の問題も、決して所与のものや何も変容しないものとしてあるのではなく、フィクションであるからこそ変えられる。その可能性をどう捉えるのか、ということにもつながります。

もう一つは、共同体による自己形成はプラグマティズムの思想をどう評価するか、ということです。私が研究しているのはジョン・デューイ*の思想や哲学です。比較的最近にメルヴィン・ロジャース**が新しい序文を書いてデューイの『公衆と

* John Dewey 一八五九—一九五二年 アメリカの哲学者

** Melvin L. Rogers アメリカの政治学者

その諸問題』（原著は一九二七年、ロジャースの序文が付された新版は二〇一六年）を刊行しましたが、そこでは、共同体や組織について「つくり変えられる」「つくり変える」「参加する」ということの意義が強調されています。デューイが『公衆とその諸問題』で何を語っていたかということ自体も改めて考えさせられます。デューイは「視覚は傍観者であり、聴覚は当事者である（Vision is a spectator; hearing is a participator）」（『公衆とその諸問題』阿部齊訳、筑摩書房、二〇一四年、二六七頁）と語っています。つまり、我々がそういう組織や共同体の問題にどう関わっていくか、参加していくかということが大事だ、民主主義を支える力として当事者であることが重要だ、ということです。

『教育のリーダーシップとハンナ・アーレント』の中でガンターはアーレントの著作をたくさんとりあげ、縦横無尽に一つ一つテクストを参照しながら、現代のELMAとTLPの状況を分析していますが、いくつか扱っていないテクストがあります。一つはアーレントの『カント政治哲学の講義』です。カントの『判断力批判』を再読しながら、私たちが、出来事や行為に巻き込まれていない、傍観者であるということ自体が問題を見通しよくしていくと論じるものです。それでは「組織を変えるために参加していくこと、自分たちが関わっていくことが大事だ」という話なのか、それとも「関わりすぎるからこそ見えてこない問題がある。出来事や行為に巻き込まれていないからこそ、行為者が気づかない意味を見つけることができる。あくまで傍観者や観客の目線に立って考えないといけない」という話なのか。そんな議論があって、自分がプラグマティズムの意味をどう見出していくかと考えるときも、状況の「渦」に参加するからこそ見えてくることと、反対に状況に巻き込まれるからこそ見えてこなくなってしまうことがあり、出来事や行為とどう距離を取ればいいのか迷います。

末松さんは学校経営という専門領域で、「実践や学校現場とどう向き合うか」ということを考えられていて、本書だと第四章で「活動的生」について書かれていることとつながる領域ですが、他方、第五章の副題は「観照的生」です。活動と観照が対を成していることの意味をどう考えるのか。参加者か傍観者かと対置させることが唯一の読み方ではないとしたら、この議論で両者がどう結びつくのか。興味深いのは、アーレントもデューイも共に「構想力」や「想像力」に議論の手がかりを求めていたことです。「考えられないこと」に対しての想像力や構想力の働きをどう捉え直すのかということも踏まえて考えると、両者の思想を再結合する読み方も現れてくるのかと思います。

さきほど朗読の話もありましたが、翻訳の作業を通して、目ではなく耳で読み、声によって物事を考え練り上げて書くということが、私の中でも貴重な経験となりました。ブルーノ・ラトゥール*は『科学論の実在』（川崎勝ほか訳、産業図書、二〇〇七年）の中で、「もともと二つあるものが、変化したり修正されたりして、それまで存在しなかったことが新しく現れるのが翻訳だ」といったことを述べていますが、まさにそういった営みを経ながら、自分の考えが変わったり、お互いが新しい意味を見出したりと、非常に有意義な経験となりました。

ちなみに、私は聖書の文脈はあまり想定していませんでした。背景にある思想として、実践とか学校現場を突き放すようでいて、そこに対する「愛」「信頼」「信用」あるいは「誤りがあるところにどう真理を見出していくか」「絶望の中に希望をどう拾い取っていくのか」という問題意識があるのだと思います。ガンターが教育の現場に向き合いながら考えていることは、アーレントはもちろん、デューイやバーンスタインやカントの話にも通じるところがあるでしょうし、聖書を通して思想家ガンターの背景をもっと丁寧に読み取れるのではないかと思います。

三浦　おもしろいですね。

末松　訳者三人の違いがよく表れています。

＊ Bruno Latour　一九四七年—　フランスの人類学・社会学者

今をひらく・不安定を求める

三浦　みなさんが話されたことをどれだけ理解しているか分からないけれど、私は私なりにおもしろく伺っています。「専門外だから」と黙るのではなくて、感じたところでものを言う、その場でコミュニケートしていく、というのはすごく大事ではないかという気がします。

末松　教育関係の学会内でも「自分は専門外なので」という議論が多い。でも、私はそもそも「橋本さんは〇〇の専門だから」「生澤さんは〇〇の専門家だから」という見方をしないし、そうする必要もないと思っています。

本書を訳して、普段、自分の文章を書くとき、いかに思考せずに書いているか気付きました。さきほど橋本さんが言われたように、人の思考を前提にし、その枠を捉えながら、でも新しいものを生み出さないと伝わらない。本を読む、対話をするとはそういうことだというのが非常によく分かりました。文章の書き方も、編集担当の横山奈央さんに関わってもらうことで変わりましたね。

三浦　私は「アーレントは聖書をどう読んでいたのか」という関心で読んでいました。ハイデガー*やヤスパース**との関係があっても、ずっと聖書のことはあった

＊　Martin Heidegger　一八八九―一九七六年　ドイツの哲学者

＊＊　Karl Theodor Jaspers　一八八三―一九六九年　ドイツの哲学者

のではないか。この本がいいなと思うのは、いろいろな関連で考えることができることです。「考える」というのは「今」のことです。つまり今がひらかれる。「考える」というのは、過去に考えるのではない、未来に考えるのではない、今考えるわけです。だから「今がひらかれる」ということがとても大事です。「専門外だから」と言うのではなく、勇気を出してこういう対話の場に出て、分からないなりにものを言う。それは今をひらく行為だと思う。考えるということも今をひらく行為だし、対話するということも今をひらく行為です。この本を読みながら、そういうことがとても大事だと考えさせられました。

末松　さきほど生澤さんが「渦」に巻き込まれない思考という話をされましたけれど、訳しているときは本当に渦の中で、ガンターそのものが渦だったと思います（笑）。最終的には本の形になったけれど、ブラック・ホールだったかもしれない。でも本来はそういう不安定な方向にこそ教育の可能性があります。思考の面倒くささや偶発性とでも言うか。今はそれを避けようと安定を求め、「測定化」「基準化」「標準化」の方に向かってしまっている。

そういった意味では、教育経営学の研究は理論的な蓄積が難しくなってきています。本書に挙げられた一九七〇年代以降の「理論論争」について「そこから進んでいない」と言う人もいます。みなさんのコメントを聞いていてなおさらそのことを思いました。教育経営学という学問は時代的にニーズが高まっています。ただし学問的には、内に閉じるだけで成り立ってしまうような、驕れる状況になってしまったわけです。教育経営学のマーケットは拡大しているのに対して理論的な質や強度の問題が生じています。それに抗う意味もあって「時間がかかることをやりたい」と思っていました。私の直感的な欲求でしたね。

本書の読み方、そして教育の未来

三浦 そういう教育学の趨勢の問題をも含めて考えられる、裾野が広い学術書だと思います。本書をどう読んでほしいかという希望や、教育についての将来的な展望をお聞かせいただけますか。

末松 若い人に読んでほしいという話はさきほどしましたが、もう一つ、教育学以外の方がどう読んでくださるのかというのも気になっています。アーレントを研究している方も含めて。アーレントは「教育のリーダーシップ」ということを直接的に考えたわけではありません。もちろんガンターはそのことを自覚しています。でも、アーレントの思想を教育と接合することで何が見えてくるのか、ということは議論になると思います。

橋本　ガンターが本書の最後で「思考せよ、語れ、決断せよ」と言って逃げを打っているのではないかと、生澤さんが指摘されていましたが、それは私も感じていました。「考えろ」と言うだけなら専門家でなくても言えることで、専門家でなければ言えないことは何なのか。あるいは専門知とは何か。「教育的なリーダーシップ」とは何か、「教育的」とは何かということについて、ガンターにもっと語ってほしかった。そこは示さなければいけないのでは、と思ったところはあります。

末松　私は全く逆で、そこを語らないからいいと思う。そういうことを具体的に示したり定義しないのが、この本のポイントかなと。

橋本　「政治的なリーダーシップ」や「政治」とは何かということは語っているけれども、「教育」とは何かということについてはそこまで語っていない。具体的に示さないことの意義も確かにあると思いますが、語らずに「考えろ」というメッセージでいいのかという疑問は残っています。教員を信頼するならいっそう、ガンターは語ってよかった、語らなければならなかったのではないでしょうか。

教員への信頼があるなら、語ったことがそのまま教員に無思考に受け取られると は想定しなくてよいはずです。

三浦　私もそれは感じました。ガンターはそれをどう展開していくのか、何回読んでも腑に落ちるところまでいかない。私が最初に斎藤喜博の例を挙げたのは、教育のリーダーシップの一つのあり方を示しているという気がしたからです。

末松　「それを示した上で議論していく」やり方を避け、「それ自体が教祖《グル》になってしまうから、それを回避しながら思考を喚起する」という方法だったのかなとは思います。

生澤　私なりに思ったのは、「教育とは何か」「子どもをどう見るか」ということです。例えば、俗説の語源だそうですけれど、「education」のもともとの言葉は、「e」は「ex-」で「外へ」、「ducation」は「ducere」や「duct」の意で「導く」、つまり「外へと導く」ことです。だから教育は子どもの持っている力や可能性を「引き出す」行為として語られてきたと思います。

ただし、「教育とは引き出す行為だ」とすると、「引き出す」ことは、「無限」から「有限」を画定していく行為でしかないとも言えます。そういう側面を見ると、「子どもには無限の可能性がある」とは思いますが、他方で教育という行為には「無限を有限にしてしまう」「無限を潰してしまう」という宿命を背負っているのではないかとも思います。こう考えると、教育とは崖っぷちのところで何かを考えることでしかないかもしれない。そういうぎりぎりのところでの思考がガンターの本書での最後の発言に結びつくのかと思いました。

コロナ禍の中で本書の刊行を迎えることになったわけですが、改めてこの状況で、「教育研究とは一体何なのか」「教育を研究している者として何ができるのか」「単純に目先のことではなく、将来の世代のため、未来のために自分は何ができるのか」ということを繰り返し考えさせられました。

その答えを見出せずにしんどい思いで暮らしていた中で、橋本さんと末松さんと意見を違えつつも共に翻訳に携わり、自由に発言できる関係性や空間・時間を共有して過ごすことができたことが、私には支えになっていました。そしてそれは私だけではなくて、末松さんや橋本さんも多分そうでしょう。訳書の刊行までに五年を要しましたが、本当に意味のある五年間でした。

三浦　本日はありがとうございました。

二〇二一年三月七日実施

対談者紹介（掲載順）

池内 紀（いけうち・おさむ）
ドイツ文学者、エッセイスト。1940年兵庫県生まれ。主な訳書に『カフカ小説全集』（白水社、2000～2002年）。主な著書に『カフカの生涯』（新書館、2004年）、『ちいさなカフカ』（みすず書房、2000年）、『ゲーテさんこんばんは』（集英社、2001年）。2019年死去。

長田 弘（おさだ・ひろし）
詩人。1939年福島県生まれ。主な著作に『私の二十世紀書店』（中央公論新社、1982年／定本：みすず書房、1999年）、『深呼吸の必要』（晶文社、1984年）、『記憶のつくり方』（晶文社、1998年）、『読書からはじまる』（日本放送出版協会、2001年）。2015年死去。

平尾 隆弘（ひらお・たかひろ）
編集者、文藝春秋元社長。1946年大阪府生まれ。1970年文藝春秋入社。「週刊文春」「文藝春秋」編集長、出版局長を務める。主な編集書に山崎豊子『大地の子』、立花隆『精神と物質』『臨死体験』、村上春樹『約束された場所で』。2014年に退社し、2021年まで神戸市外国語大学客員教授。

中条 省平（ちゅうじょう・しょうへい）
フランス文学者、学習院大学文学部教授。1954年神奈川県生まれ。主な著作に、『名刀中条スパパパパン!!!』（春風社、2003年）、『ただしいジャズ入門』（春風社、2005年）、『マンガの論点――21世紀日本の深層を読む』（幻冬舎、2015年）、『カミュ伝』（集英社インターナショナル、2021年）。

橋本 照嵩（はしもと・しょうこう）
写真家。1939年宮城県生まれ。主な写真集・著書に『瞽女』（のら社、1974年）、『北上川』（春風社、2005年、新版2015年）、『石巻――2011.3.27~2014.5.29』（春風社、2014年）、『石巻片影』（春風社、2017年、共著）。

佐々木 幹郎（ささき・みきろう）
詩人。1947年奈良県生まれ。主な詩集に『蜂蜜採り』（書肆山田、1991年）、『明日』（思潮社、2011年）。主な著書に『中原中也』（筑摩書房、1988年）、『猫には負ける』（亜紀書房、2020年）。

桂川 潤（かつらがわ・じゅん）
装丁家。1958年東京都生まれ。主な装丁書に『吉村昭歴史小説集成』(岩波書店、2009年)。主な著書に『本は物《モノ》である――装丁という仕事』(新曜社、2010年)、『本は、これから』（岩波書店、2010年、共著）、『装丁、あれこれ』（彩流社、2018年）。2021年死去。

横須賀 薫（よこすか・かおる）
教育学者、宮城教育大学・十文字学園女子大学各名誉教授。1937年生まれ、神奈川県出身。『教師養成教育の探究』（評論社、1976年／新版：春風社、2010年）、『授業における教師の技量』（国土社、1978年）、『斎藤喜博 人と仕事』（国土社、1997年）、『斎藤喜博研究の現在』（春風社、2012年、編著）、『教育実践の昭和』(2016年、春風社)。

鈴木 哲也（すずき・てつや）
京都大学学術出版会専務理事・編集長。1957年東京都生まれ、思春期を横浜で過ごす。主な著書に『学術書を書く』（京都大学学術出版会、2015年、共著）、『世界大学ランキングと知の序列化――大学評価と国際競争を問う』（京都大学学術出版会、2016年、共著）、『学術書を読む』（京都大学学術出版会、2020年）。

馬渡 元喜（まわたり・もとき）
株式会社図書新聞元役員。1973年東京都生まれ。

大嶋 拓（おおしま・たく）
映画作家。1963年東京都生まれ。1995年、「カナカナ」（ベルリン国際映画祭、モントリオール世界映画祭正式招待）の脚本・監督を務め劇場映画デビュー。主な監督作品に「火星のわが家」（2000年）、「凍える鏡」（2008年）、「影たちの祭り」（2013年）、「浜の記憶」（2019年）。主な著書に『龍の星霜――異端の劇作家　青江舜二郎』（春風社、2011年）。

上野 勇治（うえの・ゆうじ）
港の人代表取締役。1956年広島県生まれ。1997年春、港の人創業。港の人の主な刊行物として、本文中の旧友、版画家の江崎満著『星吐く羅漢』、上田美佐子著『曠野と演劇』、北村太郎著『樹上の猫』『光が射してくる』『港の人付単行本未収録詩』『空とぶ猫』。

石渡 博明（いしわた・ひろあき）
安藤昌益の会事務局長。1947年神奈川県生まれ。主な著書に『安藤昌益の世界――独創的思想はいかに生れたか』（草思社、2007年）、『現代に生きる安藤昌益』（御茶の水書房、2012年、共編）、『いのちの思想家 安藤昌益――人と思想と、秋田の風土』（自然食通信社、2012年）。

朝岡 和俊（あさおか・かずとし）
朝岡鍼灸院（神奈川県川崎市）院長。1965年静岡県生まれ。
1995年朝岡鍼灸院開院。

畑野 文夫（はたの・ふみお）
編集者、講談社インターナショナル元代表、正知会代表。1940年東京都生まれ。主な著書に『森田療法の誕生――森田正馬の生涯と業績』（三恵社、2016年）。

吉原 直樹（よしはら・なおき）
東北大学名誉教授、横浜国立大学都市イノベーション研究院元教授。専門は都市社会学。1948年徳島県生まれ。主な著書に『都市社会学――歴史・思想・コミュニティ』（東京大学出版会、2018年）、『コミュニティと都市の未来――新しい共生の作法』（筑摩書房、2019年）、『都市科学事典』（春風社、2021年、編集総括監修）。

末松 裕基（すえまつ・ひろき）
東京学芸大学教育学部准教授。専門は学校経営学。1980年福岡県生まれ。主な著書に『現代の学校を読み解く――学校の現在地と教育の未来』（春風社、2016年、編著）、『教育経営論』（学文社、2017年、編著）、訳書に『教育のリーダーシップとハンナ・アーレント』（春風社、2020年、共訳）。

生澤 繁樹（いざわ・しげき）
名古屋大学大学院教育発達科学研究科准教授。専門は教育哲学、教育思想史。1977年三重県生まれ。主な著書に『共同体による自己形成――教育と政治のプラグマティズムへ』（春風社、2019年）、『民主主義と教育の再創造――デューイ研究の未来へ』（勁草書房、2020年、共著）、訳書に『教育のリーダーシップとハンナ・アーレント』（春風社、2020年、共訳）。

橋本 憲幸（はしもと・のりゆき）
山梨県立大学国際政策学部准教授。専門は国際教育開発論、教育哲学。1981年福島県生まれ。主な著書に『教育と他者――非対称性の倫理に向けて』（春風社、2018年）、『国際教育開発への挑戦――これからの教育・社会・理論』（東信堂、2021年、共編著）、訳書に『教育のリーダーシップとハンナ・アーレント』（春風社、2020年、共訳）。

三浦 衛（みうら・まもる）
春風社代表取締役社長。1957年秋田県生まれ。1999年に創業。主な著書に『出版は風まかせ　おとぼけ社長奮闘記』（春風社、2009年）、『おうすいポケット新井奥邃語録抄』（春風社、2015年、共編）、『石巻片影』（春風社、2017年、共著）、『文の風景　ときどきマンガ、音楽、映画』（春風社、2021年）。

対談集《たいだんしゅう》 春風問学《しゅんぷうもんがく》

二〇二一年一〇月一四日 初版発行

編者 春風社編集部
しゅんぷうしゃへんしゅうぶ

発行者 三浦衛
発行所 春風社 Shumpusha Publishing Co.,Ltd.
横浜市西区紅葉ケ丘五三 横浜市教育会館三階
〈電話〉〇四五・二六一・三一六八 〈FAX〉〇四五・二六一・三一六九
〈振替〉〇〇二〇〇・一・三七五二四
http://www.shumpu.com ✉ info@shumpu.com

装丁 南伸坊
印刷・製本 シナノ書籍印刷株式会社

乱丁・落丁本は送料小社負担でお取り替えいたします。

ISBN 978-4-86110-768-9 C0095 ¥1800E